Reichel
Verlag

Das Buch

Alle Lebewesen sind aus demselben Stoff gemacht und in jedem einzelnen steckt die Weisheit des gesamten Universums. Mutter Erde kennt den Weg ihrer Erdenkinder und lässt sie nicht alleine. Sie schickt uns Krafttiere und Schutzgeister, die uns in schwierigen Lebenssituationen beistehen. Man muss nur sein Herz öffnen, um sie zu sehen. Dieses Buch ist eine fantastische Reise in die Welt der Schamanen. Es ist ein märchenhaftes Erlebnis voller symbolischer Bedeutung und heilsamer Erkenntnisse.

Die Autorin

Sonja Spitteler, Jahrgang 1989, geboren in der Schweiz, spricht seit ihrer Kindheit mit Naturwesen. Sie sind ihre Lehrer, Freunde und Wegbegleiter.

Nach einer Buchhändlerlehre ließ sie sich zur Therapeutin ausbilden und arbeitet seit 2013 in eigener Praxis. Die tiefe Verbundenheit zur Natur hat sie zu einer Sammlung schamanischer Märchen für Erwachsene und Kinder inspiriert.

Der Schamanismus ist ein zentrales Thema in Sonja Spittelers Leben.

Dies ist Sonja Spittelers 3. Buch. Weitere Bücher im Reichel Verlag sind **„Als der Efeu sich verliebte“** und **„Himmel küsst Erde“**.

Sonja Spitteler

ZAUBERREISE

Schamanische Tiermärchen für Groß und Klein

Reichel
Verlag

93053 Regensburg
E-Mail: info@reichel-verlag.de
www.reichel-verlag.de

Textliche Überarbeitung:
Alexandra Matzinger-Thurmayr
Illustration: Linda Thurmayr
Cover-Gestaltung: Christian Wolf

ISBN 978-3-946959-42-7

Dank

Mein tiefster Dank gilt den Tieren. Für ihr Vertrauen und dass sie ein Teil meines Lebens sind. Dies sind ihre Geschichten und es ist mir eine große Freude und Ehre, ihre Erzählungen weiterzutragen.

Meine Eltern, Christine und Manfred, mein Bruder Simon, meine Schwester Andrea, meine Nichte Melissa und Mike – ihr macht mein Leben bunt und dafür danke ich euch von Herzen.

Danke an meine Großmutter Stella, für ihr stets offenes Ohr.

Wenn das Leben schwierig ist, finden wir immer etwas zum Lachen – danke, Johanna.

Ein ganz besonderer Dank geht an meine zwei fleißigen und gleichnamigen Leserinnen – Nicole und Nicole. Eure Inputs haben den Geschichten ihren Schwung gegeben.

Danke an Francesca, Vanessa, Roman, Jasmin und Aline für die Freundschaft.

Wopila tanka an Bettina.

Maya, Barbara und Florian – danke, dass ihr für mich da gewesen seid.

Ein großer Dank geht an Gertraud Reichel und den Reichel Verlag für die kraftvolle Umsetzung.

Danke Mutter Erde, dass du uns trägst.

Für Rúmil
Danke für diese unglaubliche Reise.
Run free, brother.

Inhalt

„Behandle einen Stein wie eine Pflanze, eine Pflanze wie ein Tier und ein Tier wie einen Menschen.“
Indianische Weisheit

Vorwort

Es gibt viele Gründe, die mich dazu bewogen haben, diese Geschichten niederzuschreiben. Einer der wichtigsten ist die Liebe zu uns selbst, zu den Tieren und zur Natur.

Mir war immer klar, dass Tiere ebenso wie wir Menschen Gefühle haben. Auf ihre ganz persönliche Weise spüren sie Freude und Trauer. Viele von ihnen, wie etwa die Insekten, Reptilien oder Fische, waren lange vor uns auf der Erde. Sie tragen ein tiefes Wissen über das Leben in sich und teilen es mit jenen, die zuhören. Tiere sind nicht nur ein Teil unserer Welt, sie sind unsere Verwandten.

Wir alle sind aus demselben Stoff geschaffen; Wasser, Knochen, Haut und Zellen. In allen von uns schlägt ein Herz und fließt Blut. Naturvölker haben die Tierwelt schon immer in einem anderen Licht gesehen. Sie wissen um ihre Vergangenheit, ihre Emotionen und ihre Kräfte.

Die nachfolgenden Geschichten wurden mir von verschiedenen Tiernationen erzählt, ergänzt durch persönliche Erlebnisse gebe ich sie hier weiter. Damit Sie uns einen Einblick in ein anderes Sein der Tiere schenken und uns an die Verbundenheit erinnern, die wir mit allem Leben teilen und in unseren Herzen tragen.

Mitakuye oyasin
(für alle meine Verwandten).

Der Büffel, der als Mann ging

„Sei du selbst die Veränderung, die du dir wünschst für diese Welt."
Mahatma Gandhi

Alte Geschichten erzählen von den Kräften der Büffelnation. Wie ihre Mutter, die Erde, kennen sie Wege, sich selbst zu verändern.

Unsere Geschichte beginnt in der Zeit, in der die Menschen noch keine Pferde hatten und die Prärie unter dem Schutz der Büffelnation stand. Die Büffel gehören einer alten und starken Nation an, sie wissen Dinge, die sonst niemand weiß, und man erzählt sich, dass sie direkt aus Mutter Erdes Leib geboren sind. Zu ihren Ehren kleiden sich die eindrucksvollen Tiere in den Brauntönen der Erde. Ihre massiven Körper wirken wie vorbeiziehende Erdhügel, die Köpfe gewaltig, die Augen sanft. Wie ein tiefer Luftzug, welcher durch ein Erdloch dröhnt, klingt der Atem der Büffel. Ihr Kommen lässt die Erde beben, wie fernes Donnergrollen. Droht Gefahr, ziehen die Büffel einen schützenden Kreis um ihre Jungen, denn wie keine andere Tiernation verstehen sie die Gesetze des Lebens. Sie wissen, dass das Opfer einiger das Überleben vieler sichert und somit das Leben im Gleichgewicht hält.

Die Büffelnation kennt so viele Geschichten, wie es Grashalme in der Prärie gibt, und diese hier erzählt von einem jungen Bullen.

Am Anfang unserer Reise trug der Bulle noch keinen Namen, da er seinen Platz in der Herde noch nicht gefunden hatte. Doch der junge Büffel verspürte deswegen keine Eile, denn wie jeder seiner Artgenossen trug er das Wissen um viele Dinge bereits in seinem Herzen. Er war ein kräftiger Bursche und neben seiner stattlichen Größe auch mit reichlich Neugierde gesegnet. Die Welt außerhalb der Herde reizte ihn und mit jedem neuen Tag begann ihn die Sicherheit seiner Sippe mehr einzuengen.

Die Büffelnation kannte keine wirklichen Feinde, ihre Zahl war zu gewaltig. Also hatte sie verschiedene Abkommen mit anderen Tiernationen getroffen. Gleichwohl, dass der Büffel das mächtigste Tier der Prärie war, so hatte er ein ebensolch großes Herz für das Wohl anderer. Deshalb gab er sein Fleisch, sein Fell und seine Knochen an Schwächere. So wie er sich opferte für Wölfe und andere Raubtiere. Ebenso half er den Präriehunden und schützte sie vor Jägern, die ihre Höhlen gerne mitten unter den Büffeln bauten. Bei Regen wurden die Behausungen der Präriehunde geflutet, was wiederum den Boden aufweichte, damit neues Gras für die Büffel und andere Tiernationen gedeihen konnte. Selbst mit den Zweibeinern hatten die Büffel ein Bündnis, denn sie waren weise und erkannten, dass die Menschen ohne sie nicht überleben würden.

Es waren eben jene Zweibeiner, welche das Interesse des jungen Bullen weckten. Für ihn waren sie seltsame Wesen mit schwachen Körpern und zwei Beinen.

Er verbrachte viel Zeit damit, sie zu studieren und sich über sie zu amüsieren. Dabei gingen die Zweibeiner oftmals fälschlich in der Annahme, dass *sie* ihn beobachteten und nicht umgekehrt. Trotz all ihrer offensichtlichen Unzulänglichkeiten besaßen die zweibeinigen Wesen aber eine Gabe, die der Bulle immens schätzte: Es war die Fähigkeit, Kunst herzustellen. Der junge Büffel bewunderte ihre bunten Malereien, die schönen Kleider mit ihren Stickereien und er liebte ihre Musik.

Wie alle Büffel wusste er um die spezielle Verbindung zwischen seiner Nation und der ihren. Beide wachten übereinander, jede auf ihre eigene Art. Natürlich waren ihm die Wege seiner Sippe bekannt, doch es waren die Wege der Zweibeiner, die er verstehen wollte. So kam es an einem besonders heißen Sommertag, dass der junge Büffelbulle entschied, die Zweibeiner kennenzulernen.

Vater Sonne hatte die Prärie bereits einige Male begrüßt, als eines Morgens ein junger Mann auftauchte. Nur in ein wunderschönes Büffelfell gehüllt, ohne Schuhe und Besitztümer irrte er durch die Grashügel. Er konnte sich nicht erinnern, woher er kam und wer er war. Fast war es, als ob er einfach aus dem Erdboden emporgestiegen wäre.

Nach einer Weile erreichte er eines der verstreuten Lager der Menschen. Sie hießen ihn herzlich in ihrer Mitte willkommen und lehrten ihn ihre Sprache und Bräuche. Er lauschte ihren Stimmen und Geschichten, beobachtete, wie sie Kleider und Schmuck herstellten, und begann bald selbst seine eigenen Bilder mit den Farben von Mutter Erde zu erschaffen. Er begriff, dass all diese Gaben und Talente der Menschen ein Geschenk des Großen Geistes waren. Es war seine Aufgabe, diese in Ehren zu halten und von Mutter Erde zu lernen. Mit der Zeit gliederte sich der junge Mann in die Sippe ein. Sie wurde seine Familie und er war glücklich. Doch keiner wusste, welch großes Opfer er gebracht hatte, um all diese Dinge erfahren zu dürfen.

Er kannte die Sprache der Büffel, allerdings wusste er nicht warum, doch es war ihm bewusst, dass sie ihm nicht allein gehörte, denn die Büffelsprache war auch die Sprache von Mutter Erde.

So lehrte er sie seiner Sippe – so wie viele andere Dinge, die der Welt der Zweibeiner vollkommen unbekannt waren.

Die Menschen, mit denen er lebte, erfüllten sein Herz mit Freude, dennoch fühlte sich der Mann oft verlassen. Auch hatte er Mühe, das Fleisch der Büffel zu essen, und geriet oft genug auf zwei Beinen ins Straucheln. Dazu trug er stets sein Büffelfell mit sich und oftmals sah man ihn, wie er sich den Weg mit der mächtigen Herde teilte. Niemals zuvor hatte es jemanden gegeben, den die Büffel so nahe duldeten. Sie schienen ihn zu respektieren und auf seltsame Weise mit ihm verbunden zu sein. Die Alten erkannten, woher seine Stärke kommen musste, und nannten ihn *Der*

Mann, der als Büffel ging. Sie sahen in ihm einen Mann, der wissbegierig und neugierig auf die Welt war.

Die Menschen erzählen sich, dass er einer der besten Tänzer wurde, und wenn seine Füße den Boden berührten, schien es, als würde ein Büffel tanzen. Mit seinem Atem schlug er Wölfe und sogar Bären in die Flucht und mit seiner tiefen Stimme lockte er die scheuen Präriehunde an. Er lachte gerne und kannte die außergewöhnlichsten Geschichten.

Es war an einem besonders heißen Sommertag, lange nachdem er *Der Mann, der als Büffel ging* geworden ist, als er plötzlich aus dem Dorf verschwand. Nur seine Kleidung wurde im Grasland gefunden, aber da war kein Büffelfell.

Als die Zweibeiner seine Besitztümer fanden, entdeckten sie einen einzelnen Büffel, der auf einem Hügel in der Nähe stand und sie beobachtete. Sie konnten sich nicht erklären, was genau geschehen war, doch sie wussten, dass *Der Mann, der als Büffel ging* seiner wahren Natur gefolgt war. Traurig, aber auch glücklich für ihn, machten sich die Zweibeiner zurück auf den Weg ins Dorf.

Der Büffel sah ihnen nach, bis sie seinem Blick entschwunden waren. Dann drehte er sich langsam um und ging mit kräftigen Schritten zurück zu seiner ursprünglichen Familie.

Es wird erzählt, dass *Der Mann, der als Büffel ging* keine Kinder hatte. Aber wenn du ganz genau hinsiehst, entdeckst du ihn in der Standhaftigkeit eines Menschen. Du fühlst ihn im Tanz und du hörst ihn, wenn deine Füße den Boden berühren. Du kannst ihn in Bildern von beiden seiner Sippen antreffen – Büffel und Mensch. Du erkennst ihn in den selbstlosen Opfern, die jemand zum Wohle der Sippe macht. Und du kannst ihn in der Liebe beobachten, die jemand für alles, was lebt, empfindet, denn er hat den Zweibeinern den Weg der Büffel gelehrt.

Viele Menschen mögen es vergessen haben, aber die Büffel sind heilige Tiere, die einen aus ihren Reihen geschickt haben, der seine Haut gewechselt hat, um das Bündnis zwischen Mensch und Tier zu stärken. Die Büffelnation erinnert sich an die Geschichte dieses Gestaltenwandlers so wie an einen Grashalm in der schier endlosen Prärie. Und sie ehrt ihn mit seinem wahren Namen – *Der Büffel, der als Mann ging*.

Das Lied der Sonne

„Nichts Süßeres gibt es, als der Sonne Licht zu schauen."

Euripides

Vorsichtig spähte der kleine Spirit in den runden Raum. Ein sanftes Licht schimmerte im Inneren des runden Raumes und brachte seinen Wagemut kurz ins Wanken. Unschlüssig blieb er stehen und wanderte in Gedanken den langen Gang entlang. Dort, irgendwo zwischen den Welten, saß Großvater Sonne und träumte. Eigentlich hatte der Spirit sich nie etwas anderes gewünscht, als Großvater Sonne zu dienen. Unzählige Mühen hatte er auf sich genommen und trotzdem jedes Mal, wenn er vor Großvater Sonne stand, hielt dieser ihn mit den Worten „Hab Geduld, deine Zeit wird kommen" hin.

Unmengen solcher Ausflüchte hatte der junge Spirit hingenommen, bis zu jenem Tag, als Großvater Sonne seinen Bruder zu sich gerufen hatte. Ausgerechnet ihn hatte er damit beauftragt, sich gemeinsam mit einigen anderen um die Lieder des Lebens zu kümmern. Es gab leise und laute, junge und alte Lieder, manche von ihnen veränderten sich beständig, andere blieben bestehen wie seit Beginn. Für jedes einzelne Wesen hatte die Urmutter ein Lied komponiert.

Kurzum es war eine Ehre, über die Lebenslieder zu wachen – und nur allzu gerne hätte der kleine Spirit diese Aufgabe übernommen. So empfand er es als eine

Schmach, dass der Großvater ihn ausgeschlossen hatte. Das konnte er nicht einfach auf sich sitzen lassen – und so beschloss er, den großen Sonnenvater dafür zur Rechenschaft zu ziehen.

Eine Idee nach der anderen formte sich in der Vorstellung des Spirits, nur um dann wieder verworfen zu werden. Dann, eines Tages, wusste er, was zu tun war. Er würde dem Großvater etwas nehmen, was ihm wichtig war.

Wie alle wusste er um den runden Raum im Zentrum von Großvaters Kugel. Dort, gut geborgen, lebten seine ältesten Kinder, die Lieder des Lebens. Nicht einmal die ältesten Spirits konnten sich an eine Zeit ohne sie erinnern und selbst Großvater Sonne war sich manchmal nicht sicher, ob er nun wirklich älter war. Deshalb wachte er wie kein anderer über sie, denn es hätte ihn unendlich traurig gemacht, wenn er eines seiner geliebten Kinder verlieren würde. Der kleine Spirit musste nur auf den passenden Moment warten und seinem Plan folgen.

Von Zeit zu Zeit brauchte auch der Sonnenvater etwas Ruhe und fiel dazu in eine Art Traum. Er entspannte sich und ließ seinen Blick hinaus in die Endlosigkeit des Universums streifen, lauschte dem Lied des Lebens, beobachtete die tanzenden Sterne und wachte dann gestärkt wieder auf. In diesen seltenen Ruhephasen hielt das ganze Sonnenreich den Atem an. Denn sobald sich die Sonne verfinsterte, wurde jedem bewusst, wie vergänglich das Leben doch war.

Als Großvater Sonne einen dieser kleinen Kurzurlaube genoss, nutzte der kleine Spirit den Moment. Er eilte den Gang ins Zentrum hinab. Dort musste er schnell handeln und griff entschlossen nach der goldenen Tasche, welche seit Anbeginn der Zeit im Raum der Lieder hing. Es war eine besondere Tasche. Mächtige Symbole zierten sie und verliehen ihr die Kraft, Dinge, die sich in ihr befanden, festzuhalten.

Ein besonders kleiner und schwächlich wirkender Funke stach ihm ins Auge. Kurzerhand griff sich der kleine Spirit den Funken und steckte ihn in die Tasche.

Noch beim Davonlaufen verknotete er die Tasche und hielt den Funken sicher darin gefangen. Zugleich brach hinter ihm das Chaos aus. Immer lauter hörte er die ängstlichen Rufe der anderen Lieder.

Der kleine Spirit wusste, dass er nicht bleiben konnte und in die Weiten des Universums fliehen musste. Er war nun ein Dieb und musste sich irgendwo am Rande des Sonnenreichs verstecken.

So rannte er durch das endlose Universum, vorbei an der ersten Tochter des Großvaters. Als die zweite Tochter in Sicht kam, begannen seine Kräfte zu schwinden. Er wurde langsamer, die Flucht strengte ihn mehr an als gedacht. Und da der kleine Funken hartnäckig daran arbeitete, sich aus seinem Gefängnis zu befreien, hatte er Mühe, die Tasche zu halten.

Um ihn herum funkelten zahllose Sterne, andere Töchter und Sonnen, alle geborgen im Leib der Urmutter. Langsam näherte er sich der dritten und jüngsten Tochter, die sich einen Platz nah bei ihrem Sonnenvater ausgesucht hatte.

Wage glaubte der kleine Dieb sich zu erinnern, wie Großvater Sonne von ihrer strahlenden Schönheit geschwärmt hatte. Doch für solche Banalitäten hatte der Dieb jetzt keine Zeit. Seine Beine wurden immer schwerer und bald schon humpelte er. Je weiter er sich vom Großvater entfernte, umso unbehaglicher wurde es ihm. Zweifel begannen an ihm zu nagen, aber nun gab es kein Zurück mehr.

Ohne es zu bemerken, war er gegen den Schutzschild der dritten Tochter geprallt, und dabei entglitt ihm die Tasche. Fassungslos konnte er nur noch zusehen, wie diese durch den Schild fiel. Er wollte hinterher, doch einem Dieb verwehrte die Grenze den Zugang. Die Tasche fiel immer weiter, sie durchbrach die Wolkendecke und entschwand seiner Sicht.

Entsetzen lähmte den Dieb, als ihm bewusst wurde, was soeben passiert war.

Nicht nur, dass er sich gegen seine Familie gestellt und den großen Sonnenvater bestohlen hatte. Nein, nun war ihm auch der Schatz verloren gegangen. Die Tasche hielt ein unsagbar kostbares Lebenslied gefangen. Es war eines der ältesten über das Licht des Lebens, die Kraft der Sonne und die Fruchtbarkeit. Wahrscheinlich hätte es auch ihn niemals gegeben ohne das Lied, das er soeben verloren hatte.

Die Tasche fiel durch den Himmel, bis sie mit einem Donnern auf den Erdboden prallte. Zum Glück hatte sich vom Sturz der Knoten geöffnet und das Lied konnte sich befreien.

Ein merkwürdiger Ort war dies, an dem es gestrandet war. Alles war so schnell gegangen und das Lebenslied hatte nicht gewusst, was ihm geschehen war. Es blickte zum Himmel und sah ganz klein und weit entfernt Großvater Sonne. Verzweiflung machte sich in ihm breit und die Furcht verschlug ihm die Stimme.

Lange harrte es im Schutz der Tasche aus, hoffte darauf, gefunden zu werden. Es versuchte um Hilfe zu rufen, aber es brachte keinen Ton hervor.

Als Tage vergangen waren, beschloss das Lied, sich umzusehen. Vorsichtig strich es zwischen Pflanzen umher, staunte über die großen Wesen, die in den Himmel ragten, und lauschte fremden Stimmen. Nach einer Weile wurde dem Lied bewusst, wo es sich befand. Diese großen Wesen, die ihre Arme hoch in die Lüfte hoben, wurden Bäume genannt. Und dann gab es da noch Berge aus Stein. Ihr Lied kannte es gut. Die vielen Stimmen, sie mussten den Tieren gehören und der Erde. Vater Sonne hatte in letzter Zeit oft von ihr gesprochen.

Das Lied atmete erleichtert auf. Irgendwann würde man es finden, daran hatte es keinen Zweifel. In der Zwischenzeit würde es diesen Ort erkunden, denn seine Vielfalt machte es ungeheuer neugierig.

Schon bald verstand das Lied die Faszination des Großvaters für diesen Ort nur allzu gut. Diese Erde, sie war wahrlich ein Juwel. Wunderschön und einzigartig. All diese kleinen und großen Pflanzen, die mächtigen Ozeane und weiten Steppen, die endlosen Wälder und die scheinbar leeren Wüsten. Gebannt beobachtete es, wie Wind und Feuer die Landschaft beständig veränderten und wie Erde das Land langsam umformte. Das Lied wanderte mit den Tieren umher, nahm teil an ihrem Leben. Und nach und nach fand es auch seine Sprache wieder.

Bis es am Ende gar nicht mehr gefunden werden wollte. Es war glücklich und frei. Es vergaß seine Geschwister und seine eigentliche Bedeutung: Die Fruchtbarkeit und die Erneuerung des Lebens.

Jedoch war ohne das Lied kein Leben möglich. Ohne es warfen die Tiere keine Jungen mehr, die Bäume schlugen keine neuen Triebe und die Farben begannen zu verblassen.

Als sich das Lied ein paar Tage später erneut auf Wanderschaft befand, hörte es ein seltsames Geräusch. Ein Summen, angenehm klingend und irgendwie wärmend. Das musste es sich näher ansehen.

Schließlich kam es auf eine Wiese, die noch in voller Blüte stand, und entdeckte unzählige kleine Wesen, die durch die Luft flogen. Geschickt landeten sie auf den einzelnen Blüten. Das Lied bemerkte, dass das Summen von den Flügeln der kleinen Wesen rührte, und verfolgte fasziniert, wie diese den Pollen der Blüten sammelten. Die kleinen Flieger bestäubten die Blüten. Ihnen war es zu verdanken, dass es alle diese wunderschönen Blumen und Pflanzen gab. Je länger das Lied die gestreiften Wesen beobachtete, umso vertrauter wurde ihr Summen. Es glaubte sogar Ähnlichkeiten mit seinem eigenen Gesang zu entdecken. Traurigkeit überfiel das Lied, denn es konnte sich nicht erinnern, wann es zuletzt gesungen hatte. Aber wenigstens konnte es mittlerweile wieder sprechen.

Auf einmal entdeckten die kleinen Wesen das Lied. Freudig umtanzten sie es und ihr Summen wurde ein Singen. Das Lied fühlte, wie ihm leichter ums Herz wurde.

„Ihr Lieben“, meinte das Lied, „sagt mir doch bitte, wer ihr seid?“ Aufgeregt begannen die kleinen Wesen zu sprechen.

„Wir sind die Bienen, deine Kinder“, verkündeten sie fröhlich.

Nun war das Lied verwirrt. „Meine Kinder?“

Die Bienen summten zustimmend.

„Ja. Wir kennen dein Lebenslied und wir singen es jeden Tag, am liebsten, wenn die Sonne scheint, dann wachsen die Pflanzen besser. Wir helfen Mutter Erde“, verkündeten die Bienen stolz.

„Komm, wir zeigen es dir. Komm, komm.“

So zogen sie los, singend und tanzend und das Lied wurde fröhlich. Sie erzählten ihm vom Leben der Bienen, von Mutter Erde und ganz besonders von den Pflanzen, für die sie sorgten.

Tief beeindruckt blieb das Lied viele Mondzyklen beim Bienenvolk. Hier glich kein Tag dem anderen. Die fleißigen Bienen gingen ganz in ihrer Aufgabe auf, sie wagten sich in die Weite der Welt und schützten ihre Gemeinschaft. Auch wenn ihre Tage der harten Realität unterworfen waren und Geburt und Tod so dicht beieinanderlagen. Das Lied erlebte eine unvergleichliche Freude und Liebe zu jedem Augenblick, den es beim Bienenvolk verbringen konnte.

Und es spürte, dass es den Bienen ebenso ging. Sie wussten, dass von ihrem Tun so viel mehr als nur ihre eigene Zukunft abhing. Mit jedem neuen Morgen wuchs die Liebe des Liedes für das Bienenvolk. Langsam begann seine Stimme zu heilen. Hin und wieder konnte es sogar singen und jedes Mal wurde danach neues Leben geboren.

In den höchsten Tönen schwärmend stimmte es ein Lied für sie an:

Kleine Prinzessin im gestreiften Kleid,

trägt ihre sechs gelben Stiefel mit Stolz.

Entzückt ist die Blumenwelt, wenn sie naht,

ein leises Summen auf den Lippen, verzaubert sie die Welt mit einem Herz aus Gold.

Während all dieser Zeit hatte der Dieb verzweifelt nach einer Möglichkeit gesucht, die Erde zu betreten. Aber Mutter Erdes Schutzschild ließ ihn einfach nicht passieren. Nach endlosen Runden und Versuchen gab es für den Dieb nur noch einen Ausweg: Er musste zurück zu Großvater Sonne.

So machte sich der Dieb auf den Heimweg. Nicht nur, dass er die Schönheiten des Universums auf seiner Reise gar nicht mehr wahrnahm. Es war ihm auch entgangen, dass die Schwingungen sich verändert hatten. Das Leben war stehengeblieben, die Fruchtbarkeit verschwunden, die Lieder stumm.

Niemand sah ihn an oder sprach gar nur ein Wort mit ihm, als er nach Hause kam. Wortlos schlich er sich zu Großvater Sonne und konnte nur tatenlos zusehen, wie dieser versuchte, das Gleichgewicht in seinem Sonnenreich wiederherzustellen.

In Erwartung von Zorn und Strafe zog der Dieb den Kopf ein, doch nichts geschah. Der Großvater stand nur da und sah ihn an. In seinen Augen erblickte er Sorge und Mitgefühl. Da weinte der Dieb bittere Tränen.

„Mein Sohn“, sagte der Großvater leise, „ich habe mir nie gewünscht, dass du mir dienst. Natürlich bin ich alt und weiß vieles, aber eines Tages, da werde auch ich nicht mehr hier sein. Deswegen hat die Urmutter uns die Lieder geschenkt.

Sie werden alles überdauern, auch uns. Sie kennen das Leben und wenn wir mit dem Herzen hören, dann lassen sie uns an ihrem Wissen teilhaben. Deshalb wirst du mich jetzt auch auf der Suche nach dem Lied begleiten."

Dank Großvater Sonne konnten sie den Schutzschild von Mutter Erde mühelos durchdringen und je näher sie dem Boden kamen, umso größer wurde ihr Staunen. Mutter Erde strahlte in allen erdenklichen Farben und schon von weit her konnte man das fröhliche Summen hören. Ein großer Bienenschwarm tanzte ausgelassen um das Lied herum und das Lied, es sang. Es sang mit solch betörender Schönheit, dass die Fruchtbarkeit sich ausdehnte, weit über die Grenzen von Mutter Erde, hinaus ins endlose All. Neue Wesen und Orte wurden geboren und die anderen Lieder tanzten wieder frei durch das Universum.

Da entdeckte das Lied Großvater Sonne und den Dieb. Aufgeregt winkte es die beiden zu sich heran. Inmitten der Bienen glänzte etwas golden und je näher der Großvater kam, umso heller begann es zu strahlen.

„Seht", rief das Lied freudig aus und zeigte auf das Nest der Bienen. „Die Bienen, sie haben meiner Stimme einen Körper gegeben."

Und tatsächlich. Dort aus den noch frischen Waben tropfte eine goldene Flüssigkeit. Ein süßer Duft ging von ihr aus.

„Das Herz", meinte das Lied. „Ich habe mein Herz geöffnet und die Bienen haben dies daraus gemacht. Sie nennen es Honig und sie ehren damit dich, lieber Großvater Sonne, und das Leben."

Vorsichtig steckten sich Großvater Sonne und der Dieb etwas von der klebrigen Flüssigkeit in den Mund. Sie probierten und blickten sich verzückt an.

„Etwas so Köstliches habe ich wahrlich noch nie gegessen", bemerkte der Großvater strahlend.

Der Dieb aber war ungewöhnlich still geblieben. Langsam ließ er den süßen Honig auf seiner Zunge zergehen.

Für ihn hätte dieser Moment ewig währen können, denn dank des Honigs verflogen all seine Sorgen und er konnte klarer sehen als jemals zuvor. Er dachte an seinen Bruder. Ihm würde der Honig sicherlich auch ganz wunderbar schmecken. Unauffällig schlich er näher an die Bienenwabe heran und während Großvater Sonne und das Lied mit den Bienen Konversation betrieben, steckte sich der Dieb etwas Honig in die Tasche.

„Dies ist das letzte Mal, dass ich stehle, und dieses Mal ist es auch nicht für mich selbst", sagte er zu sich.

Bald darauf machten sie sich auf den Heimweg, denn auch wenn das Lied bei den Bienen sehr glücklich war, gehört es doch zu seinen Geschwistern. Es beschloss, das Bienenvolk und Mutter Erde von nun an regelmäßig zu besuchen. Denn nichts, was es zuvor erlebt hatte, war vergleichbar mit der Begegnung mit den kleinen summenden Wesen.

Und so wurde der Honig auf einem kleinen Umweg geboren. Sein goldener Glanz erinnert an Großvater Sonne, und da er aus den Blütenpollen gewonnen wird, symbolisiert er die Fruchtbarkeit und das Leben. Große Heilung und noch größere Fröhlichkeit ruhen in der goldenen Flüssigkeit. Die Bienen ehren seinen Ursprung, indem sie den Honig *das Lied der Sonne* nennen.

Noch ein paar Worte zum Dieb:

Es kam, dass er auf dem Nachhauseweg über eine Wurzel stolperte und der Länge nach hinfiel. Dabei ging ihm der Honig verloren. Kurz darauf kam ein kleiner Bär des Weges und fand die goldene Flüssigkeit. Was er da vertilgte, schmeckte ihm so außerordentlich gut, dass er sich gleich auf die Suche nach mehr von der süßen Speise machte. Und damit war er nicht der Einzige.

Die Krieger der Donnerwesen

„Ich habe gelernt, dass Mut nicht die Abwesenheit von Furcht ist, sondern der Triumph darüber."
Nelson Mandela

Es wird erzählt, dass einmal vor langer, langer Zeit die Donnerwesen einen fürchterlichen Streit hatten. Ihr Zwist soll so verheerend gewesen sein, dass selbst Mutter Erde nicht mehr zu schlichten versuchte. Rücksichtslos jagten die Donnerwesen über Berge und Täler, ließen Flüsse über die Ufer treten und verwandelten das Gras in Eis.

Tage um Tage währte ihre Auseinandersetzung bereits, als in dem ganzen Chaos plötzlich eines der Donnerkinder den Halt verlor und fiel. Der kleine Donnergeist war noch viel zu jung und schwach, um wie seine Eltern auf dem Wind zu reiten oder sich entgegen der Kräfte zu bewegen. Hilflos raste er auf den Erdboden zu, bis er aufschlug. Zu seinem Glück braucht es weitaus mehr, um einen Donnergeist ernsthaft zu verletzten. Dennoch hatte er große Angst und rief so laut er konnte nach seiner Familie, aber niemand hörte ihn. Über seinem Kopf tobten die Donnerkrieger weiter und entfernten sich langsam aber unaufhaltsam von dem kleinen Donnergeist.

Verzweifelt versuchte er Schritt zu halten, er rannte und rannte, so lange bis er vor Erschöpfung nicht mehr konnte.

Schlussendlich saß er mitten im Nirgendwo auf der Erde und weinte bittere Tränen. Selbst wenn er noch ein ganz junger Donnergeist war, so klang sein Weinen bereits wie der Beginn eines Sturmes. Hin und wieder schossen kleine Blitze aus seinem Leib, was dazu führte, dass sämtliche Tiere das Weite suchten. Er fühlte sich schrecklich alleine.

Es war später am Tag, als eine Pferdeherde des Weges kam. Die Tiere versuchten dem Sturm zu entfliehen. Doch kaum erblickten sie den Donnergeist, ergriffen sie die Flucht.

Sie blieben aber nicht allzu weit entfernt stehen, denn eine der Stuten war zurückgeblieben. Sie war nicht mehr die Jüngste, gehörte aber immer noch zu den Schnellsten und wurde sehr als Ratgeberin geschätzt. Viele Fohlen hatte sie zur Welt gebracht, aufwachsen sehen und sie fühlte, dass der kleine Donnergeist Hilfe brauchte. Nach kurzem Zögern überwand sie ihre Furcht und trat neben ihn.

Geduldig hörte sie sich seine Geschichte an und am Ende hatte sie beschlossen, den Donnergeist zu seiner Familie zurückzubringen. Es brauchte einiges an Überredungskunst, aber schließlich war auch ihre Herde damit einverstanden. Gemeinsam machten sie sich auf den Weg und zum ersten Mal folgten sie einem Gewitter, anstatt es zu meiden.

Der kleine Donnergeist durfte auf dem Rücken der braunen Stute reiten und manchmal, wenn sie über die

Hügel rannten, war es, als würden sie fliegen. Die Pferde schlugen ein zügiges Tempo an, dennoch war der Sturm mit den Donnerwesen um einiges schneller. Weiter und weiter folgten sie der Familie des kleinen Donnergeistes. Viele Tage lang und kamen ihr nur langsam näher.

Während der ganzen Zeit sorgte sich die Stute um das Donnerkind, trug es sicher und wachte über es, als wäre es ihr eigenes.

Inzwischen hatten die Eltern des kleinen Donnergeistes verzweifelt nach ihrem Kind gesucht und staunten nicht schlecht, als sie es auf dem Rücken eines kräftigen Pferdes entdeckten. Wie glücklich sie waren, wieder vereint zu sein!

Der kleine Donnergeist stellte seiner Familie seine neuen Freunde vor und die Stute bot freudig an, dass er sie, wann immer er auch wolle, besuchen könne. Die Pferde würden in den Stürmen nach ihm Ausschau halten und dann könnten sie gemeinsam auf dem Wind reiten.

Die Donnerwesen hatten in der Zwischenzeit ihren Streit beigelegt und keiner konnte sich mehr daran erinnern, was der Auslöser des Streits gewesen war.

Sie versammelten sich vor den Pferden, um ihnen zu danken, und alle waren tief beeindruckt von ihnen, weil sie ihre Angst überwunden hatten, um für ihr Kind da zu sein. Nicht nur hatten sie große Mühen auf sich genommen und den kleinen Geist sicher nach Hause geführt, sondern sie hatten wie tapfere Krieger das Wohl des Schwächeren über ihr eigenes gestellt.

Und so kam es, dass die Donnerwesen ihre Kinder bis heute für eine Weile der Pferdenation übergeben. Denn von diesen sanften Kriegern lernen sie, nicht nur auf dem Wind zu reiten und den Boden unter ihren Füßen zu lieben, sondern sich ihren eigenen Schatten zu stellen.

Die Geschichtenbewahrer

„In den Erzählungen liegt die Seele aller gewesenen Zeit.“

Unter die Erde, hinab in den Dachsbau ging es, durch Gänge und viele Kammern. Einige waren zum Schlafen angelegt, andere, um sich zu treffen, einige für die Vorräte und eine Kammer war für die Erinnerung. All dies war manchmal sogar auf zwei Etagen verteilt, denn die Dachse sind wahre Meister im Graben.

Sie sind keine Jäger, sondern Sammler, und damit für vielerlei anspruchsvolle Posten prädestiniert. Nur wenige außerhalb des Tierreiches kennen die wahre Natur der Dachse und ihre geheimen Namen, die ihnen durch die Kraft der Wurzeln, zwischen denen sie hausen, verliehen wurden. Das Wissen um die Medizin der vielen Wurzeln, die sich tief in die Erde strecken, liegt den Dachsen im Blut. Dies ist ihre Geschichte. Sie erzählt, wie die Dachse zu Geschichtenbewahrern, Spähern und Heilern wurden, und sie beginnt mit einem jungen Dachs und dessen Neugierde und Durchsetzungskraft.

Da, gleich direkt vor ihm musste es endlich sein. Sogar durch die dichte Erdschicht, welche noch zwischen ihm und seinem Ziel lag, konnte der junge Dachs es fühlen.

Es war ein Pulsieren und ein Vibrieren und ein fremdartiger Ton, der seine Schnurrhaare zum Erzittern brachte. Schon einige Mondläufe waren vergangen, seit er es entdeckt hatte. Weit unter der Erde lag es. Tiefer, als dass ein Dachs, der noch ganz bei Verstand war, graben würde. Seit er es das erste Mal gespürt hatte, ließ es ihn nicht mehr los. Er wusste weder, was es mit diesem Gefühl auf sich hatte, noch warum es so stark war. Keinem in seiner Familie erging es auch nur ähnlich. Nach nächtelangem Ignorieren hielt er es nicht mehr aus. Seit drei Mondläufen grub er nun. Unermüdlich buddelte er sich Schicht um Schicht tiefer, bis kein einziges Geräusch der Oberfläche mehr hinabdrang. Hier unten war es wie in einer anderen Welt.

Kurz hielt der junge Dachs inne, um sich die von Erde verklebte Nase abzuwischen. Ihm fiel die gespenstische Stille auf, oder war es bloß eine ihm unbekannte Art von Geräuschlosigkeit? Jedenfalls fühlte er sich nicht allzu wohl. Außerdem machte sich eine lästige Müdigkeit in seinem Körper breit. Seine Glieder begannen schmerzlich zu brennen, die Augen wurden schwerer. Nur ein kleines Nickerchen, dachte er sich und machte es sich in dem schmalen Gang einigermaßen gemütlich. Die Augen fielen wie von alleine zu.

Auf einmal umgab ihn das merkwürdige Geräusch von allen Seiten, hüllte ihn ein und schwoll an. Es begann dem Dachs in den Ohren zu schmerzen und drängte ihn zur Eile. Wie ein hungriges Feuer auf Nahrungssuche bahnte er sich seinen Weg durch den Boden. Bis seine Krallen plötzlich ins Leere stießen. Noch bevor der Dachs es wahrnahm, fiel er in einen Hohlraum. Instinktiv rollte er sich zu einer Kugel zusammen und purzelte über den feuchten Erdboden. Eine kleine Ewigkeit später stieß er mit dem Hinterteil an etwas Kühles an und kam zum Halten. Erst einmal ordentlich durchschütteln, die Nase befreien und schon fühlte er sich ein wenig entspannter.

Dann hob er den Kopf und versuchte etwas in der pechschwarzen Dunkelheit zu erkennen. Zögernd begann er den Boden abzutasten, bis seine Krallen auf einen Stein stießen. Dem Klang und Ausmaß nach musste es ein größerer Felsbrocken sein. Wie kam es, dass ein solch großer Felsen in einem Hohlraum tief unter der Erde lag? Und noch etwas kam dem Dachs seltsam vor. Er leckte den Stein ab, schüttelte den Kopf ob dessen ungewohnt bitteren Geschmacks. Dieser Felsen war alt, sehr alt, er konnte es spüren und sogar hören, denn das Geräusch schien von ihm auszugehen.

Erde rieselte von der Decke hinab und der Dachs musste einige Male kräftig niesen. Ungewohnt laut hallte es in der Erdhöhle wider.

Augenblicklich kam Bewegung in den Felsen und ein Zittern durchlief den Erdboden. Blitzschnell rollte sich der Dachs zusammen und legte seine Tatzen schützend über die Augen. Was hatte er sich hier bloß eingebrockt?

Da erhellte ein gedämpftes Licht den Raum. Vorsichtig schielte er zwischen seinen kräftigen Krallen hervor. Die Lichtquelle kam von oben und erst jetzt erkannte der junge Dachs, dass der Raum nicht allzu groß war. Der Felsen stand ziemlich genau in der Mitte und war bis zur Decke von tiefen Furchen durchzogen. Langsam ließ er sich auf sein Hinterteil sinken und starrte ehrfürchtig hoch.

Genau in diesem Moment brach ein glühendes Licht aus dem Stein hervor. Das Geräusch wurde lauter und mit ihm begannen sich Tausende kleine Pünktchen aus dem Licht zu formen, die sich im Kreis drehten und wild durcheinander tanzten. Ehe sie langsam hinabsanken und Nebelschwaden gleich um den jungen Dachs herum flimmerten. Sie schienen sich in einem sicheren Abstand zu halten und dem Dachs kam es fast so vor, als ob sie sich beraten würden. Er glaubte ihr Tuscheln zu vernehmen oder vielleicht war es bloß das Geräusch, das jetzt einem Lied ähnelte, das sich beständig veränderte, bis er bemerkte, dass sich dessen Rhythmus dem Schlagen seines Herzens angepasst hatte.

Wahrscheinlich hätte jeder halbwegs vernünftige Dachs längst das Weite gesucht, aber unser junger Freund hier war viel zu neugierig. Und vermutlich auch noch viel zu erschöpft, was er natürlich niemals zugegeben hätte.

Ein alter Zauber schien sowohl von den glühenden Lichtern als auch von dem Felsgestein auszugehen, und selbst wenn er ihm fremd war, so beruhigte er den jungen Dachs dennoch. Darin war kein Angriff oder kein Misstrauen zu spüren, nur reine Neugierde – und Erleichterung.

Nachdenklich kratzte sich der Dachs hinterm Ohr. Die ganze Sache war ihm nicht ganz geheuer, dennoch wähnte er sich genau am richtigen Ort. Als hätten die glühenden Lichter auf seine Aufmerksamkeit gewartet, begannen sie sich zu verdichten, schossen immer schneller um ihn herum, bis sie nahezu stillzustehen schienen. Etwas veränderte sich. Die Neugierde der Lichter wurde zur Entschlossenheit und der Dachs begann leicht zu zittern. Nicht vor Kälte, nicht einmal vor Furcht, sondern von der geballten Energie in der Erdhöhle. Mit leichtem Schrecken stellte er fest, dass er das Zentrum dieser Ansammlung war und auch der Auslöser.

Die glühenden Lichter, sie wollten ihm etwas übergeben, etwas schenken. Altes Wissen, kostbare Erinnerungen. Geschichten über jedes Tier, über Pflanzen und Steine. Erzählungen, die so alt waren wie die Zeit.

Die funkelnden Lichter hatten ihn gerufen. Doch wieso hatte nur ihn dieser Ruf ereilt? Und wie war es ihm überhaupt möglich gewesen, so tief zu wühlen? Mehr als einmal war ihm der Gedanke gekommen, dass er nur so weit gekommen war, weil Mutter Erde es so gewollt hatte. Er kannte die Erde sehr gut. Wie viele Tunnel und Kammern hatte er schon gegraben und darin gelebt.

Selbst wenn dieser Gang hier hinab ein anfangs unvorstellbares Vorhaben gewesen war, so war es ihm dennoch ungewohnt leichtgefallen. Keine Steine, keine harten Schichten, Wurzeln oder sonstige Hindernisse hatten sein Vorankommen behindert. Nicht wie sonst, wenn er mit der Familie sein Heim erweitert hatte.

So blieb die bohrende Frage: „Warum ich?“ Er hätte den Ruf ignorieren können, aber er hatte sich entschieden und nun war er hier. Es war eine Ehre und eine Verantwortung und der junge Dachs nahm sie mutig an, denn er wusste, sein altes Leben lag nun hinter ihm. Was auch immer die glühenden Lichter ihm in die Krallen legen würden, die Veränderung war unausweichlich.

Um ihn herum drehten sich die Lichter mal langsamer, mal schneller und doch glaubte er nach einer Weile, ein Muster in ihrem Tanz zu erkennen. Kaum hatte er es wahrgenommen, schoss ein Licht aus dem Kreis und durch ihn hindurch. Mit solch einer Macht, dass er ins Wanken geriet, denn die Gefühle, die ihn durchströmten, waren nicht seine eigenen. Doch er kam gar nicht dazu, sie zu hinterfragen, denn schon explodierte ein Licht nach dem anderen und traf ihn wie ein Geschoss. Manche ließen ein brennendes, beinahe schmerzhaftes Empfinden zurück, andere waren kalt oder warm. Bald hatte der junge Dachs die Orientierung verloren, wusste nicht mehr, wo oben oder unten war, glaubte manchmal in der Luft zu schweben oder tief unter der Erde begraben zu sein. Dann wiederum schien er frei und stark über die Weite zu laufen, bei Tag und bei Nacht zugleich.

Die Bilder folgten, begannen sich in seinem Geist zu formen, ergaben Abläufe und erzählten von der Geburt der Sterne und vom Anfang des Lebens.

Dann kamen Geschichten über die ersten Lebensformen. Pflanzen und Bäume sprachen, nahmen ihn mit auf Abenteuer, zeigten ihm die Welt durch ihre feinen Sinne. Und der Stein, der älteste von allen, offenbarte Geschichten, so bunt wie das Leben selbst. Bald darauf folgten die Sagen der Tiernationen und der Dachs wusste, warum er hier war.

Aufmerksam lauschte er der Ameise und der Schnecke, dem Hirsch, Wolf und dem Bären. Hoch zum Adler, Rotkehlchen und Bussard bis ins Wasser zu den Fischen führten ihn die Legenden. Er wusste um die Geburt der Mäusenation und der Schlangenwelt, erfuhr von merkwürdigen Tieren und schwimmenden Gefährten, deren Gestalt größer als die eigene Vorstellung war und die durch schier endlose Seen streiften. Die Sänger der Ozeane nannten sie sich selbst, und als der Dachs ihre Lieder hörte, verstand er nur zu gut.

Die Geschichten entführten ihn in unwirkliche, sandige, heiße Gegenden, in denen hauptsächlich Insekten und Echsen lebten. Er rannte mit Pferden und grauen Tieren mit langen Rüsseln über Steppen, kletterte mit Ziegen auf hohe Berge und sprang mit riesigen schillernden Vögeln in die Tiefe.

Schließlich hob er seinen Blick zur Decke, dorthin, wo das Licht in der Höhle schwelte, und da sah und erkannte er sie: es waren Glühwürmchen, die kleinen Brüder und Schwestern der Sterne. Auf einmal verstand er die Verbundenheit, die ihm zuvor entgangen war. Nicht, weil sie nicht dagewesen war, sondern weil er nicht um die Geschichten dahinter gewusst hatte. Wenn er nun die Regenwürmer am Boden neben sich betrachtete, erkannte er, was sie taten. Er wusste um ihre Aufgabe, ihren Platz, denn sie teilten sich die gleiche Geschichte. Zufriedenheit und eine neue innere Stärke erfüllten ihn. Ja, er hatte seine Aufgabe gefunden.

Für eine unbestimmte Zeit saß er auf seinem Hinterteil und schwelgte in den vielen neuen Eindrücken. Äußerlich war er derselbe geblieben mit seinen markanten schwarz-weißen Streifen im Gesicht, den großen Krallen, dem grauen Pelz, dem rundlichen Körperbau und dem Schwänzchen. Aber sonst…

Sein Blick aber hatte sich verändert, seine Bewegungen waren überlegter und bestimmter. Er bemerkte Zusammenhänge zwischen den Geschichten der einzelnen Tiere und den Wurzeln. Und nun, da er die anderen Tiere kannte, sah er auch, wo und wie er auf verschiedene Weise helfen und heilen konnte. Alles, was er tun musste, war zuhören und beobachten. Denn in der Geschichte eines jeden Lebewesens lag auch der Schlüssel für seine Heilung.

Irgendwann machte sich der junge Dachs wieder auf den Weg an die Oberfläche. Er ließ den alten Stein zurück, in welchem die Lichter und die Geschichten gelebt hatten. Und während er sich auf die Rückreise begab, wanderten die Geschichten mit ihm ans Tageslicht. Der Dachs trat unter den offenen Himmel, der Gang schloss sich, die Wände stürzten ein – und er wusste, die Höhle war nicht mehr. Nun war es an ihm. Es war seine Aufgabe, die Geschichten an jemand anderen weiterzugeben.

Voller Tatendrang kehrte er in den Kreis seiner Familie zurück und gemeinsam gruben sie eine neue Kammer. Eine Geschichtenkammer, in welcher all die Erzählungen, Märchen und Legenden gesammelt, weitergegeben und ausgetauscht wurden.

Jeden Winter, wenn es zu kalt für die Nahrungssuche war, versammelten sich die Dachse in der Geschichtenkammer und erzählten einander.

Das immense Wissen der Dachse blieb nicht lange ein Geheimnis. Wenn nun ein Tier des Waldes oder der Wiesen auf seinem ihm bekannten Wege keine Heilung fand, so ging es zu einem Dachsbau.

Die Dachse hörten sich seine Geschichte an, befragten die Wurzeln und lauschten den Erinnerungen des Lebens. Auf diese Weise fanden sie Heilung für alle Tiernationen. Bis heute achten die Tiere die Dachsnation als Geschichtenbewahrer, die vieles über die Wurzeln des Lebens wissen.

Die Kraft der Sprache

„Um sich zu verstehen, brauchen die Menschen nur wenige Worte, viele Worte brauchen sie, um sich nicht zu verstehen.“

Indianische Weisheit

Als das Volk der Zweibeiner noch sehr jung war, sah es sich vielen Naturereignissen hilflos ausgeliefert. Es verstand wohl, dass es ein Teil der Natur und ihrer Abläufe war, fand seinen Platz in diesem Gefüge aber nicht. So kam es, dass es oft von Stürmen und Trockenperioden überrascht wurde oder die Anfänge des Winters zu spät bemerkte. In jenen Tagen mussten viele Zweibeiner Hunger leiden und trugen oft schwere Krankheiten mit sich herum.

Es war an einem kühlen Morgen, die Wolken bedeckten den Himmel und am Flussufer sammelten sich kleine Nebelschwaden. Der Wind blies sachte, so dass die Wolkendecke beinahe stillzustehen schien. Im Verlauf der Nacht hatte es geregnet, das Gras war noch feucht. Der Regen hatte dem Land gutgetan. Nach einem eher trockenen Winter begannen die frischen Triebe nun zu sprießen. Bald würden die Täler und Berge wieder von bunten Blumen und saftigem Grün durchzogen sein. In ihren Höhlen und Nestern fingen die Tiere an, sich zu regen, schüttelten die Winterschwere von sich ab. Sie rochen den Frühling in der Luft, anders als jene Zweibeinerin, die sich ihren Weg durch den noch kahlen Wald suchte.

Ihre Füße waren in Leder gewickelt und gaben jedes Mal ein leises, saugendes Geräusch von sich, sobald sie sich wieder vom feuchten Boden lösten. Die junge Frau hatte sich zusätzlich in eine graue Decke gewickelt, ihr langes, braunes Haar hing ihr wirr bis zu den Hüften hinab.

Ihre Gedanken waren von solch tiefer Trauer durchzogen, dass sie ihre Umgebung kaum wahrnahm. Mit schwerem Herzen setzte sie sich an die Uferböschung, den Blick starr auf das fließende Wasser gerichtet.

Der vergangene Winter war lang und hart gewesen, ganz besonders für jene auf zwei Beinen. Ihren kleinen Bruder, die Großmutter, sogar Vater und Mutter hatte sie verloren. Geblieben waren nur ihre zwei Brüder und sie selbst. Aber nicht nur ihr war es so ergangen. Von vielen Familien hatte nicht einmal die Hälfte überlebt, Freunde, Verwandte – so viele waren hinübergegangen. Die junge Frau fühlte sich verloren und fragte sich nicht zum ersten Mal, was für einen Sinn ihrer aller Leben hatte. Es gab nichts, was ihr wirklich Freude bereitete, die ständige Angst vor dem neuen Tag beherrschte ihr ganzes Sein.

Während die Tränen in Strömen über ihre Wangen flossen, nahm sie nur nebenbei wahr, wie eine kleine Gestalt aus dem Wasser hüpfte. Mit einem „Flopp“ landete sie auf dem Stein vor ihr. Erst als es ein leises „Quak“ von sich gab, richtete die junge Frau ihre Aufmerksamkeit auf das kleine Wesen. Vor ihr saß ein grüner Frosch und betrachtete sie mit großen Augen.

Sie machte eine wegscheuchende Handbewegung, doch der Frosch rührte sich nicht vom Fleck. Er blähte seine Schallblase auf und hielt den Blick geradewegs auf sie gerichtet. Die junge Frau seufzte, stützte sich auf ihre Hände ab und blies den Frosch an, was jenen herzlich wenig zu beeindrucken schien. Noch immer war sein Augenmerk starr auf sie fixiert. Langsam wurde es der jungen Zweibeinerin mulmig zumute. Zwar kannte sie sich mit Fröschen nicht aus, aber dieses Verhalten war ungewöhnlich. Normalerweise flohen die Tiere, wenn man sie davonjagte. Ein Schauer lief ihr über den Rücken und sie ließ sich zurücksinken.

Auf einmal begann der Frosch zu quaken. Viermal, dann machte er eine Pause und quakte weitere viermal. Verwirrt schüttelte die Frau den Kopf. Vielleicht war es besser, wenn sie wieder zurück zu den anderen ging. Sie konnte nichts ändern an dem, was geschehen war, und es half niemandem, wenn sie einen Frosch anstarrte.

„Mach's gut, merkwürdiger Frosch", sagte sie leise und verschwand mit raschen Schritten im Wald.

Der kleine Frosch blickte ihr nach, quakte leise vor sich hin und hüpfte dann zurück ins Wasser. Er würde morgen wiederkommen und am Tag danach und an jedem anderen auch.

Tage vergingen, an denen die junge Frau vollauf damit beschäftigt war, am Leben zu bleiben. Doch trotz all ihrer Pflichten kehrten ihre Gedanken immer wieder zu dem seltsamen grünen Frosch zurück. Sie dachte sogar so oft an ihn, dass sie sich eines Morgens wieder auf den Weg zum Fluss machte.

Kaum hatte sie sich ans Ufer gesetzt, sprang der Frosch elegant aus dem Wasser und landete auf demselben Felsen wie Tage zuvor.

„Hallo, kleiner Frosch“, sagte die Frau leise. „Hier bin ich wieder. Ich habe in letzter Zeit oft an dich gedacht.“

Der Frosch wartete, bis sie zu Ende gesprochen hatte, und quakte als Antwort. Die junge Frau lächelte.

„So einem Frosch wie dir bin ich noch nie begegnet, es ist mir, als könntest du mich verstehen…“

Abermals quakte der Frosch und setzte sich nun bequemer hin, so als würde er zuhören wollen. Kopfschüttelnd legte die Frau das Kinn auf die Knie und starrte zurück. Lange verharrten beide in dieser Position, bis der Frosch offensichtlich genug hatte und mit einem lockeren Hüpfer ins Wasser sprang. In der Nähe des Ufers tauchte er nochmals auf, blickte kurz zurück, quakte und tauchte ab. So, als hätte er sich verabschiedet.

Von diesem Moment an besuchte die junge Frau den Frosch fast jeden Tag. Das Treffen wurde zu einem morgendlichen Ritual und manchmal, wenn sie zu einer anderen Zeit kam, wartete der Frosch bereits auf sie. Dann quakte er immer furchtbar aufgeregt, als würde er sie für ihr spätes Erscheinen tadeln.

Für die Frau wurde der kleine Hüpfer zu einer wichtigen Konstante in ihrem Leben. Ihm konnte sie all ihre Sorgen und Ängste erzählen. Sie vertraute ihm an, dass sie sich vor jedem neuen Tag fürchtete, und dankte ihm dafür, dass er ihr mit seiner Gegenwart Mut machte. Hüpfer, wie sie ihn bald liebevoll nannte, war ein guter Zuhörer. Sein Quaken war ihr Trost und Freude. Es wurde ihr zur Gewohnheit, seine täglichen Rituale zu beobachten. Bald wusste sie, welche Insekten er am liebsten aß, wie groß sein Revier war und wie er sich im Wasser fortbewegte. Sie erkannte sein Quaken aus dem anderer Frösche heraus und stellte fest, dass er es liebte, wenn sie ihm etwas vorsang. Dann saß er wie verzückt da, die Augen geschlossen und schaukelte leicht hin und her.

Hüpfer wurde ihr bester Freund und ihr Vertrauter. Er brachte eine Leichtigkeit in ihr Leben, für die sie ihm nicht oft genug danken konnte. Eine Sorglosigkeit und scheue Freude, die sich auf all die Menschen übertrug, mit denen sie sich umgab. So wechselte der Frühling in den Sommer und in eine Zeit, in der die Zweibeiner wenig Hunger zu leiden hatten.

Eines Morgens, als sie früher als gewöhnlich an den Fluss kam, wurde die junge Frau Zeugin von etwas höchst Erstaunlichem. Hüpfer saß bereits auf dem Stein und quakte eindringlich. Ihm gegenüber, an dem Platz, den üblicherweise die junge Frau einnahm, saß eine Elster. Der schwarz-weiße Vogel antwortete dem

Frosch mit keckernder Stimme. Es dauerte eine Weile, ehe die Zweibeinerin realisierte, dass die beiden Tiere sich tatsächlich unterhielten. Ein Schauer lief ihr den Rücken herunter und sie ging vorsichtshalber einige Schritte zurück ins Dickicht.

Irgendwann schienen die beiden ungleichen Geschöpfe zu einer Einigung gekommen zu sein und die Elster flog davon in die grünen Bäume, während Hüpfer abtauchte. Die Frau wartete noch einen Moment und trat dann ans Wasser. Nach wenigen Minuten gesellte Hüpfer sich zu ihr. Er wirkte sehr zufrieden und ließ sich heute sogar den Kopf kraulen. Sie beschloss, ihn am nächsten Tag nach dem Gespräch mit der Elster zu befragen. Auch wenn sie den Frosch nicht wirklich verstehen würde, so hatte sie doch gelernt, dass es manchmal half, die Dinge einfach laut auszusprechen.

Doch wie so oft im Leben kam es so, wie es kam, und nicht so, wie man es sich vorstellte. Während die junge Frau durch den sommerlichen Wald zurück nach Hause ging, schoss die Elster pfeilschnell aus den Baumwipfeln zu ihr hinab. Sie flog so dicht neben der jungen Frau vorbei, dass sie mit ihrem Flügel auf den Kopf der Zweibeinerin schlug. Es war kein allzu fester Schlag, dennoch begann sie zu taumeln. Punkte tanzten vor ihren Augen und ihre Ohren dröhnten. Schließlich sank sie wie ohnmächtig zu Boden.

Wirre Träume von Tieren, die sprechen konnten, Steinen und Bäumen, die sich miteinander unterhielten, und Zweibeinern, die diese Gespräche verstehen konnten, suchten sie heim. Anfangs versuchte sie, sich aus diesen Träumen zu befreien, doch als sie begann, diese aufmerksam zu verfolgen, wurden sie klarer und verständlicher.

Langsam lichtete sich der Schleier des Traumschlafes und sie glitt zurück in die Realität. Als sie die Augen aufschlug, blickte sie in die grünen Baumkronen. Ihr Körper fühlte sich steif an und beim Aufsetzen stellte sie fest, dass sie auf den Wurzeln eines mächtigen Baumes gelegen hatte. Wie lange, daran erinnerte sie sich nicht mehr. Vorsichtig tastete sie ihren Kopf ab, fühlte aber keine Verletzung.

Erst wollte sie zurück ins Dorf, aber einem inneren Impuls folgend ging sie an den Fluss. Dort, auf dem Stein, saß Hüpfer und begrüßte sie mit freudigem Quaken.

Nur – konnte sie auf einmal *verstehen*, was er sagte. Es waren keine Worte, über die sie kommunizierten. Es war eine Mischung aus Bildern, Emotionen und Wissen, die sich in ihrem Kopf zu einer Art Sprache formten.

Fassungslos setzte sie sich zu Hüpfer. Sie war aufgewühlt, verunsichert und unbeschreiblich dankbar. Während ihr Verstand die Ausmaße des Geschehenen erst langsam zu begreifen schien, hatte ihr Herz das Geschenk der Tiere längst erfasst. Hüpfer quakte leise: „Die Elster und ich haben beschlossen, euch Zweibeinigen beizustehen. Du hast ein so großes Herz und bist eine gute Freundin – wir Tiere sehen das."

So kam es, dass ihr der Hüpfer vom Lauf der Sonne erzählte, und dass diese, gemeinsam mit der sich ständig drehenden Mutter Erde, die vier Zyklen erschuf. Er lehrte ihr die Abläufe der Mondphasen und das Fließen des Wassers. Alles ist in ständiger Bewegung und im Wandel, darin liegt die Kraft. Das Leben ist rund und jedes Sein hat seinen Platz in seinem großen Kreis – die Pflanzen und Bäume, Steine und Elemente, die Tiere und Geister und der Mensch.

Dank Hüpfer begann sie die Zeichen zu verstehen und zu deuten. Sie erkannte, wenn das Wetter wechselte und wann eine gute Zeit zum Sammeln von Kräutern gekommen war.

Hüpfer brachte ihr das Lied der Frösche bei und sie begriff, dass jede Tierart ihre eigenen Lieder hat. Indem man sie singt, ehrt man die Tiere und respektiert die Vereinbarung, welche alle Lebewesen getroffen haben. Eine Art Vertrag, der festhält, dass jedes Wesen seinen Teil zum Ganzen beiträgt, damit sich der Kreis schließt und das Leben weitergeht.

„Wir tanzen gerne im Kreis dazu", erklärte Hüpfer und quakte heiter. „Einen schönen Rundtanz, wie die Sonne ihren Weg am Himmel beschreibt und Mutter Erde um die Sonne. Genau wie der Bauch der Weibchen rund wird, wenn sie neues Leben in sich tragen."

All dies und vieles mehr brachte der Frosch der jungen Frau bei und als sie schließlich nach einigen Tagen zurück ins Dorf kehrte, wusste sie viele Dinge. Sie rief ihre Familie und Freunde zusammen, lehrte sie, was sie von Hüpfer und den anderen Tieren erfahren hatte. Die junge Frau sang und tanzte mit ihnen und pflanzte die Leichtigkeit des Frosches in ihre Herzen.

So wurde dies der erste Winter, seit sich die Zweibeiner erinnern konnten, in welchem sie keinen großen Hunger litten. Auch die Krankheiten wurden seltener, denn nun kannten sie die Kräuter, um sich selbst zu heilen.

Immer mehr Menschen begannen, die Sprache der Tiere zu verstehen. Ein Geschenk, das sie von Generation zu Generation weitergaben, gemeinsam mit den Liedern der Tiere. Bis zu jenem Tag, als die Zweibeiner sich von Mutter Erde ablösten. Nur für diejenigen, die sich auf die Kunst des Zuhörens verstehen, leben die Geschichten und Lieder weiter. Denn immer noch werden sie von den Tieren gesungen und von den Bäumen weitererzählt. Wer sich ein offenes Herz bewahrt, kann sie hören – als Rauschen, das durch die Wälder und Steppen zieht, als sanfte Musik, die Berge und Täler erfüllt und darauf wartet, dass sich die Menschen erinnern und ihren Platz im Kreis des Lebens wieder einnehmen.

Die Träume der Schmetterlinge

„Was die Raupe Ende der Welt nennt, nennt der Rest der Welt Schmetterling."
Laotse

An einem Morgen nach einem heftigen Gewitter befand sich ein Libellenmännchen auf dem Rückflug zu seinem Teich. Bereits am Tag zuvor hatte der kräftige Wind den Libellerich überrascht und ihn weit weg von seinem Heim gefegt. Es war seinen Instinkten zu verdanken, dass er das Unwetter heil überstanden hatte, und übergroß war seine Freude, als er endlich seinen Teich vor sich erblickte. Der lange Flug war anstrengend gewesen, trotzdem legte er die letzte Distanz schnell zurück. Seine vier kräftigen Flügel erzeugten dabei ein tiefes Summen und so hätte er beinahe das leise Rufen von unten überhört.

In einer tiefen Wasserpfütze bewegte sich schwach ein geflügeltes Wesen. Augenblicklich eilte der Libellerich zu Hilfe und trug das erschöpfte Sein zu seinem Lieblingsfelsen, der stolz im Sonnenlicht lag. Dort stellte er fest, dass es sich bei der Geretteten um eine Schmetterlingsdame handelte. Eilig sammelte er etwas Nektar von einigen Blüten und überbrachte ihr diesen als Stärkung. Dankbar nahm die Schmetterlingsdame die Hilfe an und mit Unterstützung der warmen Sonnenstrahlen erholte sie sich rasch. Ihre Flügel trockneten und nach einigen Versuchen konnte sie wieder fliegen.

Dennoch erschien sie dem Libellerich noch sehr müde, so lud er sie ein, noch etwas länger bei ihm zu verweilen.

Bald tauschten die beiden ihre Lebensgeschichten aus und neben den vielen spannenden Erzählungen hatten sie auch jede Menge zu lachen. Es dauerte nicht lange und die beiden waren in tiefer Freundschaft verbunden.

In den nächsten Tagen unternahmen sie viele Ausflüge über Teich und Wiese. Sie zeigten sich gegenseitig ihre liebsten Orte, machten ihre Freunde miteinander bekannt und führten lange Gespräche. Dabei war der Libellerich überrascht, was die Schmetterlingsdame alles wahrnahm. Wenn sie sich konzentrierte, dann wusste sie über beinahe jede Pflanze, jeden Stein oder jedes Tier etwas zu berichten. Selbst über sein Volk schien sie eine Menge zu wissen.

„Woher weißt du all diese Dinge?“, fragte er sie erstaunt.

Die Schmetterlingsdame lächelte, legte ein Bein auf ihr Herz und sagte: „Ich weiß es von hier und von ihnen“, um dieser Bemerkung den notwendigen Gehalt zu geben, öffnete sie bedeutungsvoll ihre bunten Flügel.

Nachdenklich sah der Libellerich sie an. „Das Herz verstehe ich, denn von dort stammt auch mein Wissen. Was aber haben diese Erkenntnisse mit deinen Flügeln zu tun?“

Der Schmetterling machte eine graziöse Bewegung mit den Fühlern und sprach: „Bevor wir werden, wer wir sind, durchlaufen wir eine Transformation. Wir beginnen unser Leben als Larve, essen und essen, bis wir uns verpuppen, um zu träumen.“ Die Schmetterlingsdame seufzte hingerissen. „Ich habe solch wundervolle Dinge geträumt. Das ganze Leben in all seiner Farbenpracht gesehen. Oft genug ertappe ich mich dabei, wie ich mich beinahe in diese kraftvollen Tage zurückwünsche. Aber weißt du, was noch schöner ist als diese Träume? Es ist das Gefühl, als ich meine Flügel das erste Mal aufspannte und sah, dass sie alle Farben dieser Erinnerungen in sich tragen.

Daraufhin wusste ich, wie schwer der Abschied vom Träumen auch sein mag, die Zukunft liegt umso vielversprechender vor mir. So viele Möglichkeiten und Wunder, solche Freude und Wärme – und all dies darf ich mit der Welt teilen. Es ist, als hätte ich die Erlaubnis, dieses Wissen weiterzutragen an jene, die verstehen. Denn seit diesem Tag fühle ich es ganz genau, wenn jemand keinen Respekt vor dem Leben hat. Solche Wesen meiden wir Schmetterlinge meistens, denn sie erinnern sich nicht an *mitakuye oyasin, um die Verwandtschaft aller Seelen.*“

Der Libellerich war tief beeindruckt und erkannte, was für eine unglaubliche Weisheit die Schmetterlinge in sich trugen. Auf solches Wissen galt es achtzugeben.

Er dachte gut nach, bis er entschied, was er für die Schmetterlinge tun konnte. Mit seinem kräftigen Körper, seiner schnellen Reaktion und seiner Liebe zum Leben war es ihm möglich, den Schmetterlingen diesbezüglich zur Seite zu stehen. Natürlich würde er sich auch über das eine oder andere Gespräch freuen oder einfach die Gegenwart der schönen Schmetterlinge genießen.

Seit jenem Tag kam es also, dass die Libellennation über die Schmetterlinge wacht und sie schützt, wann immer dies erforderlich ist. Die Schmetterlinge ihrerseits erzählen den Libellen von ihren Träumen und helfen ihnen, über sich hinauszuwachsen. Denn jede Veränderung gebiert auch neues Leben.

Sternenmädchens Tanz

„Der Weg liegt nicht im Himmel, der Weg liegt im Herzen."

Buddha

Großmutter Schildkröte schob ihren Körper leicht nach vorne und spähte unter dem Felsen hervor. Sie musste ihren Kopf weit in den Nacken legen, um den klaren Sternenhimmel sehen zu können. Ihr starker Panzer hatte ihr gute Dienste geleistet, aber mit der Zeit ist er anfällig geworden.

Manchmal fragte sie sich, ob er nicht irgendwo leckte, denn bei Regen fühlte es sich an, als ob das Wasser hindurchsickerte. Es war nicht weiter tragisch. Die Kälte jedoch, die machte ihr zu schaffen.

Doch heute versprach es eine besonders schöne Nacht zu werden. Der steinige Boden war noch erwärmt von der Hitze des Tages. Die leichte Abendbrise brachte allerlei herrliche Gerüche mit sich. Wenigstens auf ihre Nase konnte sie sich noch voll und ganz verlassen.

Sie kannte all die Düfte bei ihren Namen: Wasser, Erde, Stein, Gras und diese winzigen, rötlichen Blumen, die sie so gerne naschte. Ganz in der Nähe waren auch einige Füchse auf Streife, und sie glaubte sogar eine andere Schildkröte zu riechen. Es war schon eine

Weile her, seit sie das letzte Mal mit einem Artgenossen geplaudert hatte.

Eine Bewegung am Himmel lenkte ihre Aufmerksamkeit wieder auf den Sternenhimmel. „Ah, eine Sternschnuppe, das war ein gutes Zeichen“, sinnierte sie.

Etwas schwerfällig schob sie sich unter dem Felsen hervor, um ihr Ritual zu vollziehen. Sie brachte sich in Position, stemmte dabei ihren Panzer mit Hilfe ihrer Beine so hoch es ging vom Boden ab und grub ihre Zehen so tief wie möglich in den Boden und schloss ihre Augen. Nun sah sie aus wie ein Stein auf merkwürdigen Stelzen, bereit, jederzeit umzukippen. Doch dann begann sie, in rhythmischen Bewegungen zu schaukeln. Großmutter Schildkröte fing an zu singen. Es war mehr ein tiefes Summen und für viele Ohren war ihr Lied nicht hörbar. Aber die Schildkröte sang auch nicht für alle Ohren. Sie sang für die Sterne, für das Leben und für Mutter Erde. Sie sang mit ihrem Herzen und sie stand sicher.

Irgendwann war ihr Lied zu Ende und sie ließ sich erschöpft fallen. Mit einem leisen Bumm schlug sie mit ihrem Unterpanzer auf dem Boden auf. Trotz ihrer schweren Glieder stemmte sie sich noch zwölf weitere Male vom Grund ab und plumpste wieder zurück. Heute war ihr das Singen und Tanzen so leichtgefallen wie lange nicht mehr, doch leider verflog die Leichtigkeit mit dem Ritual.

Auf einmal spürte sie ein vertrautes Vibrieren im Untergrund. Die Großmutter sah auf und entdeckte eine andere Schildkröte, die sich ihren Weg in die Senke zu ihr hinabbahnte.

„Hallo, Tochter“, grüßte sie ihre deutlich jüngere Artgenossin.

„Sei mir gegrüßt“, antwortete diese.

Eine Weile standen sich die Schildkröten stumm gegenüber. Keine von ihnen war in Eile und über die Generationen hinweg hatte sich gezeigt, dass das intensive Beobachten eine gute Sache war. Es machte das Herz stärker.

Schließlich legte die Jüngere ihren Kopf leicht schief und meinte:

„Das war ein sehr schönes Lied.“

„Vielen Dank. Das freut mich zu hören“, entgegnete sie geschmeichelt.

Abermals versanken sie in Schweigen, während um sie herum das Leben weiterging.

„Du kommst aus dem Norden“, stellte Großmutter Schildkröte fest.

Die Jüngere nickte. „Ja. Nun bin ich auf dem Weg nach Süden. Dort schläft es sich angenehmer.“

„Wohl wahr, wohl wahr“, bemerkte die Alte lächelnd.

Über ihren Köpfen zogen die Sterne ihre Kreise. Natürlich war es den Schildkröten schon lange klar, dass es Mutter Erde war, die sich unentwegt bewegte. Hin und wieder drehte sie sich etwas schneller, dann wieder langsamer. Wie ihre Panzer. Manchmal wuchsen sie in rasanter Geschwindigkeit und dann wieder im Zeitlupentempo.

„Kennst du das Sternenmädchen?“, durchbrach die Großmutter die Stille.

Die Jüngere schüttelte den Kopf. „Nein.“

Wortlos betrachteten beide den Sternenhimmel. Schließlich räusperte sich die Großmutter und begann ihre Geschichte:

Irgendwo, mitten im endlosen Universum, in einer geheimnisvollen magischen Kugel, lebte ein Sternenmädchen. Hätte es sein Zuhause von der Ferne aus betrachten können, dann wäre ihr aufgefallen, wie wunderschön es funkelte. Aber das Sternenmädchen verließ ihre Kugel nie. Sobald sie die Langeweile plagte, begann sie, aus dem Lehm unter ihren schimmernden Füßen Dinge zu erschaffen. Dabei wurden die kuriosesten Formen und Figuren geboren. Nur war sich Sternenmädchen dessen nicht bewusst, denn wie bereits gesagt, hatte sie ihre Heimat noch nie verlassen. Ein Umstand, der sie aber nicht im Geringsten störte. Schließlich kannte sie nur dieses eine Leben und folglich gab es auch nichts, was sie vermissen konnte.

Eines Tages jedoch hatte Sternenmädchen alle ihr nur erdenklichen Formen aus dem Lehm hergestellt und stellte erstaunt fest:

„Hier gibt es nichts mehr zu tun, ich muss mir wohl eine neue Aufgabe suchen.“

So zerstörte sie all ihre Kreationen und beschloss, neu anzufangen. Aber dieses Mal hatte das Sternenmädchen weniger Freude am Kneten als zuvor. Sie wurde nachdenklich. Was sollte sie tun, wenn sie abermals sämtliche ihr nur erdenklichen Figuren geformt hatte?

Bei diesem Gedanken wurde ihr ganz flau im Magen und zum ersten Mal wollte sie fort. Nur, wohin, das wollte ihr nicht so recht einfallen.

Sie beschloss, allen Lehm auf der Kugel einzusammeln und zu einem großen Berg aufzuschichten.

Tag um Tag mühte sie sich ab und solange sie beschäftigt war, war auch alles gut. Bis eines Tages aller Lehm aufgebraucht war und sie sich auf der Spitze eines gigantischen Berges wiederfand. Von hier oben aus hatte sie zwar einen fantastischen Ausblick, aber was nutzte das? Ihr Heim hatte sich in eine leere, steinige Kugel verwandelt und das Sternenmädchen war völlig verzweifelt. Sie weinte bittere Tränen. Irgendwann, als all ihre Tränen versiegt waren, hob sie den Blick.

Ihr Blick schweifte nach links in das endlose Universum – und dort entdeckte sie zahllose funkelnde Kugeln.

Sie wandte sich nach rechts und auch dort sah sie ein Meer von glitzernden Kugeln.

Ob oben oder unten, die ganze Welt schien erfüllt von den mysteriösen, schimmernden Kugeln.

Ja, sogar wenn sie sich umdrehte und hinaus in das endlose Universum blickte, war sie von schillernden Kugeln umgeben. Stets waren sie da gewesen, nur hatte sie ihnen niemals zuvor Beachtung geschenkt. Eine unbekannte Sehnsucht erfüllte sie, zum ersten Mal erlebte sie das Gefühl des völligen Alleinseins.

Lange Zeit später rollte sich Sternenmädchen auf der Bergspitze zu einer Kugel zusammen und schlief ein. Dabei hatte sie einen Traum.

Sie stand auf demselben Berg, den sie soeben errichtet hatte. Wie zuvor hob sie ihren Blick und in diesem Moment kam eine der Kugeln direkt auf sie zu. Die Kugel wurde größer und größer, bis sie mit einem silbernen Schweif zu ihr hinabstieß und als Funke neben ihr landete.

„Schwester“, sagte der Funke, „komm, tanz mit uns.“

Und dann begann sich der Funke im Kreis zu drehen und alle anderen Funken im Universum folgten. Jeder Funke tanzte für sich und gleichzeitig in einem großen Tanz mit den anderen zusammen. Entzückt beobachtete Sternenmädchen, wie sie gemeinsam kreisförmige Muster drehten, ohne dabei ihren ganz eigenen Tanz zu unterbrechen.

„Komm, Schwester“, riefen sie. „Tanz mit deiner Familie.“ Die Funken streckten Sternenmädchen ihre Hände entgegen und winkten sie zu sich. Gerade als sie sich mit aller Kraft vom Boden abstoßen wollte, erwachte sie…

…alleine, auf ihrem Berg, mit der Einsamkeit, die laut an ihre Tür hämmerte. Hilflos blickte Sternenmädchen sich um und wusste erst nicht, was sie tun sollte. Sie kannte die Begriffe „Schwester“ oder „Familie“ nicht, doch sie lösten eine angenehme Wärme in ihr aus.

Das Sternenmädchen dachte hin und her, ehe sie all ihren Mut zusammennahm. Wie in ihrem Traum stieß sie sich kräftig vom Boden ab. Was konnte sie schon verlieren?

Viel schneller als beabsichtigt flog sie davon. Sie rauschte hinaus ins dunkle, weite Universum, vorbei an einigen der funkelnden Kugeln, immer weiter weg von dem ihr vertrauten Ort. Ihr Herz pochte wild, doch sie wusste, wenn sie jetzt aufgab, würde sie womöglich niemals wieder die Kraft finden, ihre eigene Welt zu verlassen.

„Ich möchte wissen, was *Familie* ist“, dachte sie und steuerte auf eine der Kugeln zu. Wenn der Funke sie in ihrem Traum erreichen konnte, dann sollte ihr das auf umgekehrtem Wege doch auch möglich sein? Und genau so war es auch.

Kurz darauf landete sie auf einer Kugel und es verschlug ihr förmlich den Atem. An diesem Ort schien sich alles zu bewegen und zu leben. Manche Figuren eilten, andere lustwandelten und das Sternenmädchen konnte der Versuchung nicht wiederstehen, ihre Hand vorsichtig auf eine von ihnen zu legen. Doch da ward ihre Verblüffung komplett.

„Ich muss doch wohl bitten", rief das Ding empört aus.

„Entschuldigung", stammelte Sternenmädchen verwirrt. „Du … du kannst sprechen?"

Entrüstet warf das Wesen so eine Art Kopf zurück.

„Natürlich. Von welchem Stern kommst du denn?", entgegnete es beleidigt.

„Ich heiße Sternenmädchen und wohne auf einer Kugel da hinten", meinte sie schüchtern und zeigte hinaus ins dunkle Universum.

Das Wesen schüttelte sich.

„Sternenmädchen hin oder her, es ist unhöflich, jemanden anzugrabschen."

Damit wandte sich das Wesen brüsk ab und entschwand.

„Warte, warte doch bitte", rief Sternenmädchen hinterher. „Kannst du mir vielleicht sagen, was *Familie* ist?"

Nun sah das Wesen mit dem merkwürdig geformten Kopf, der aus vier Kugeln zu bestehen schien, sie fassungslos an. „Eine Frechheit ist das", schnaubte es. „Wir sind deine Familie. Soll das ein schlechter Scherz sein?!" Es stampfte davon und ließ ein zutiefst verunsichertes Sternenmädchen zurück.

Jetzt kam ihr dieser magische Ort plötzlich gar nicht mehr so zauberhaft vor. Sternenmädchen wollte nur noch fort. Ohne sich weiter umzusehen, stieß sie sich so kräftig wie nur möglich vom Boden ab und eilte weiter. Erst nachdem sie schon eine Weile im Universum unterwegs war, beruhigte sie sich langsam. Die Antwort des Wesens – „Wir sind deine Familie" – brachte sie kein bisschen weiter. Aber noch war Sternenmädchen nicht bereit aufzugeben. Sie beschloss, die anderen funkelnden Kugeln zu besuchen, um dort eine Antwort zu finden.

So kam es, dass sie von Kugel zu Kugel hüpfte. Auf jeder begegneten ihr nicht nur andere Wesen, sondern auch vollkommen andere Welten. Nur von weiter Ferne sahen die Kugeln ähnlich aus.

Manche der Bewohner waren größer, fröhlicher oder hilfsbereiter als andere, aber alle hielten dieselbe Antwort parat: „Wir sind deine Familie."

Es war zum Verrücktwerden. 49 verschiedene Kugeln hatte sie besucht und 49 unterschiedliche Wesen befragt, doch eine sinnvolle Antwort auf ihre Frage hatte sie nicht erhalten. Das Einzige, was sie jetzt sicher wusste, war: Sie war nicht allein.

„Noch eine Welt, aber nur noch diese eine einzige Kugel werde ich aufsuchen“, dachte sich Sternenmädchen enttäuscht, „dann gehe ich nach Hause.“ Ihre Wahl fiel auf eine bläulich schimmernde Kugel mit vielen grünen Flächen.

Als sie diese erreichte, wirkte sie wesentlich kleiner als die Kugeln zuvor. Die Farben, Geräusche und Gerüche hier hatten eine geradezu schwindelerregende Intensität. Während sie all die neuen Eindrücke auf sich wirken ließ, konnte sie die Bewohner zwar hören, doch keiner kam auf sie zu.

„Nun, dann kann ich mich wenigstens in Ruhe umsehen“, dachte sie. In diesem Moment vernahm sie eine Stimme:

„Stopp!“

Wie erstarrt blieb Sternenmädchen stehen und blickte nach unten. Dort, dicht am Boden, bewegte sich ein Bewohner, und sie wäre fast auf ihn getreten. Dieses Wesen war in einem gemächlichen Tempo unterwegs und schien eine Art Stein auf dem Rücken zu tragen.

„Sei gegrüßt“, sagte Sternenmädchen freundlich.

Das Wesen blieb stehen und hob den Kopf.

„Ebenfalls, Kleines, ebenfalls“, murmelte es und schaukelte weiter.

Sternenmädchen nahm ihren Mut zusammen und fragte:

„Verzeih, kannst du mir vielleicht sagen, was *Familie* ist?“

Das Wesen hielt in seinem Schlendern inne und sah sie an. „Sagen, nein, zeigen, ja.“

Gleich darauf fiel es in seinen langsamen, schleifenden Gang zurück. Sternenmädchen begann zu strahlen.

„Ich bin Sternenmädchen. Und wer bist du?“

„Ich bin eine Schildkörte“, meinte das Wesen trocken.

„Freut mich sehr, Schildkörte“, sagte Sternenmädchen, überglücklich, dass jemand mit ihr sprach. Da sie nicht unhöflich wirken wollte, beschloss sie, der Schildkröte eine zu Frage stellen.

„Bist du schon alt?“

Die Schildkröte begann herzhaft zu lachen.

„Mein Körper schon, Kleines. Mein Stern nicht.“

Sternenmädchen wurde rot und spürte, dass dies anscheinend keine taktvolle Frage gewesen war.

„Entschuldige, Schildkröte.“

„Bitte, Kleines, nenn mich Großmutter.“

Eine Weile gingen sie schweigend nebeneinander her. Wobei erwähnt werden sollte, dass Sternenmädchen äußerst kleine Schrittchen machen musste, um auch ja nicht schneller als die Schildkröte zu sein.

„Was machst du sonst noch so, Großmutter?“, fragte Sternenmädchen irgendwann.

„Ich schweige gerne.“

Beschämt von ihrer eigenen Unfähigkeit, ein Gespräch zu führen, hielt Sternenmädchen von nun an ihre Lippen verschlossen. Jedoch, umso länger sie schwieg, desto gesprächiger wurde die Großmutter. Hin und wieder erklärte sie Sternenmädchen etwas über das Leben. So erfuhr sie, dass jene Welt Erde, Mutter Erde, hieß. Sie belehrte sie über Tag und Nacht, über die Jahreszeiten, über die Bewohner und vieles mehr.

Schließlich meinte die Großmutter nach einer besonders langen Pause:

„Weißt du, Kleines, es gibt die Familie des Blutes, und dann gibt es die Familie der Seele. Es gibt Familien für kurze Begegnungen und für ganze Leben. Am Ende aber sind wir immer alle eine große Familie und das Universum ist unsere Mutter.“

Danach schwieg die Schildkröte wieder so lange, bis Sternenmädchen vor Ungeduld zu zappeln begann. Schon wollte sie etwas sagen, als die Großmutter plötzlich meinte:

„Da sind wir.“

Zielstrebig drängte sie ihren Körper durch das Unterholz. Nicht zum ersten Mal war Sternenmädchen erstaunt, wie geschickt sie sich bewegte. Die augenscheinliche Schwerfälligkeit verblasste, angesichts des

Wissens, der Ruhe und des langsamen, aber beständigen Vorankommens.

Während ihrer Wanderschaft hatten sie fast einen vollständigen Tageszyklus hinter sich gebracht. Dank Großmutters Beschreibungen wusste Sternenmädchen, dass nun die Dämmerung und dann die Nacht kommen würde. Insgeheim war Sternenmädchen sogar froh darüber, dass die Schildkröte so langsam unterwegs war, denn ansonsten wäre ihr diese magische Zeit wahrscheinlich entgangen. Als sie hinter ihr aus dem Dickicht trat, erstreckte sich eine glatte Fläche vor ihnen.

„Das ist ein See", sagte Großmutter Schildkröte.

Staunend blieb Sternenmädchen stehen. Sie wusste, was ein See war und dass er aus Wasser bestand, so wie überhaupt alles größtenteils aus Wasser zusammengesetzt war.

„Wunderschön", hauchte Sternenmädchen.

Sichtlich zufrieden blieb die Schildkröte am Ufer stehen und ließ ihren Blick über die Umgebung schweifen. Versunken im Zauber des Augenblicks beobachteten sie den Wechsel von Tag zu Nacht. Bald waren die funkelnden Kugeln wieder über ihren Köpfen zu sehen. Irgendwie beruhigte Sternenmädchen deren Anblick. Fasziniert stellte sie fest, dass sich das Leuchten der Kugeln auf dem Wasser spiegelte. Dabei sah es so aus, als würden die Funken auf dem See tanzen.

„Gefallen sie dir?", fragte die Großmutter jäh.

Sternenmädchen nickte. „Ja, sehr."

„Hmm“, die Schildkröte murmelte etwas in ihren Panzer. „Wir nennen sie Sterne“, meinte sie schließlich.

„Oh, das ist ja fast wie mein Name“, meinte Sternenmädchen aufgeregt.

„Was du nicht sagst“, meinte die Großmutter.

Abermals herrschte für eine Weile Schweigen zwischen ihnen. Mittlerweile genoss Sternenmädchen die Stille sogar, sie hatte etwas Berührendes an sich.

Großmutter Schildkröte stand auf und ging näher ans Wasser heran. „Komm, Kleines.“

Sternenmädchen trat neben die Großmutter und wartete.

„Sieh hinein, Sternenmädchen. Sieh hinein!“

Und sie tat wie geheißen. Sie beugte sich über die Wasseroberfläche, dort, wo die Sterne sich spiegelten, und erschrak.

„Großmutter“, rief sie aus, „sieh doch, hier ist ein Stern ins Wasser gefallen.“

Die Schildkröte lächelte und sah ebenfalls hinein.

„Ah ja, ich sehe es. Merkwürdig, der Stern steht genau an derselben Stelle wie du, Kleines. Hast du ihn mitgenommen?“

Empört schüttelte Sternenmädchen den Kopf.

„Ich bin doch keine Diebin.“

„Wer behauptet denn so etwas?“

„Nun ja, du hast es gesagt“, meinte Sternenmädchen kleinlaut und schwieg verblüfft.

Sie blickte wieder ins Wasser und betrachtete den gefallenen Stern. Dann hob sie ihre Hand, der Stern tat es ihr gleich. Sie schüttelte den Kopf, ließ ihre silbernen Haare fliegen, was der Stern im Wasser ebenfalls tat. Sie blickte nach oben zu den Sternen und wieder nach unten auf das Spiegelbild. Sie trat vom Wasser weg, der Stern verschwand, aber sobald sie wieder ins Wasser linste, tauchte auch der Stern wieder auf. *Tanz mit deiner Familie.* Hatte der Funke, nein, der Stern, im Traum zu ihr gesagt.

„Familie“, sagte Sternenmädchen leise.

„Sie sind meine Familie. Bin ich ein Stern?“

Verwundert wandte Sternenmädchen sich an die Schildkröte. Diese gluckste erfreut. „Es sieht ganz so aus.“

Sternenmädchen spürte, wie sich die Gefühle in ihr förmlich überschlugen. Freude, Erleichterung, Verwirrung – alles wirbelte durch sie hindurch und am Ende blieb eine tiefe Geborgenheit. Lange standen sie stumm nebeneinander, die Schildkröte und das Sternenmädchen.

„Großmutter“, begann sie irgendwann, „kannst du mir erklären, wieso alle diese verschiedenen Wesen auf den Sternen gesagt haben, sie seien auch meine Familie?“

Großmutter Schildkröte winkte Sternenmädchen auf ihre Augenhöhe hinunter. „Sieh mich an, Kleines. Sieh mich gut an.“

Ein wenig verblüfft von Großmutters Aufforderung, blickte sie dieser tief in die Augen. Sie sah genau hin, ohne zu blinzeln, und verlor sich beinahe im Dunkeln dieser sanften Kugeln. Plötzlich zuckte sie zusammen. Da, sie hatte eben ein kleines Funkeln in den Augen entdeckt. Es war genau wie das Funkeln der Sterne. Da, da war es wieder, ganz deutlich dieses Mal.

Die Großmutter lächelte. „Wir sind alle eine Familie.

Wenn du genau hinsiehst wirst du erkennen, dass wir alle Sterne sind. Einige von uns sind in Haut gehüllt, andere von hartem Stein oder weichem Holz umschlossen. Und einige von uns tragen gar keinen Mantel. Das Funkeln, Sternenmädchen, das du suchst, liegt immer in dir selbst“, meinte Großmutter Schildkröte und stupste sie mit einer ihrer Krallen an. „Auf deiner Reise hast du erkannt, dass deine Familie überall ist – wir sind alle miteinander verwandt – du, ich, die Sterne, Tiere, Pflanzen, ja sogar die Elemente, alles, was lebt; wir sind eine Familie, geboren aus der Endlosigkeit des Universums, unserer All-Mutter.“

Sternenmädchen fand keine Worte für das, was sie empfand. Zu keinem Zeitpunkt hatte sie je solche Glücksgefühle erlebt. Niemals hatte sie sich so vollständig gefühlt wie in diesem Moment. Sie sah die Welt mit neuen Augen. Überall entdeckte sie das Funkeln; in den Pflanzen, dem Wasser, den Steinen, dem Himmel, den Tieren und natürlich in Großmutter Schildkröte. Sie wollte sich bei der Großmutter bedanken, aber noch immer fehlten ihr die Worte.

Die Schildkröte winkte verständnisvoll ab. „Ich weiß, Kleines, ich weiß. Du bist nicht alleine, bist es nie wirklich, außer du willst nicht sehen. Nun hast du gesehen und es ist Zeit, dass du wieder nach Hause gehst. Du wirst gebraucht."

Sternenmädchen gab der Schildkröte einen Kuss auf den Panzer und die Großmutter streckte sich. „Ah, ich danke dir. Sieh, nun trage ich deine Geschichte auf meinem Panzer – 49 und eine Platte habe ich, für jeden Stern, den du besucht hast, und für jedes Wesen, das du gefragt hast. So", flüsterte Großmutter mit einem Augenzwinkern, „hat das Universum es mir erzählt."

Und so verabschiedete sich Sternenmädchen von der Großmutter und machte sich auf ihren Heimweg. Auf ihrem Rückweg besuchte sie alle 49 Sterne ein weiteres Mal und sah die Welten in neuem Licht. Sie fand Freunde, Liebe und ihre Familie.

Als sie nach langer Reise wieder bei ihrem Stern ankam, begann sie als Erstes, den Lehm zu verteilen. Dabei lachte und tanzte sie, sang neue Lieder, formte wundervolle Figuren und als Sternenmädchen die ganze Kugel einmal umrundet hatte, rief sie hinaus ins Universum.

Viele kleine Funken fielen vom Himmel, zogen einen herrlichen Schweif hinter sich her und kaum, dass sie die einzelnen Figuren berührten, erlosch ihr Leuchten. Aber Sternenmädchen entdeckte ihr Funkeln in den Augen der Wesen wieder, genau wie in denen der alten Schildkröte. Ihre Familie war da!

Großmutter Schildkröte aber kehrte wieder unter die Erde zurück. Sie schüttelte ihren Panzer gut durch, was auch auf der Erdoberfläche einige Veränderungen hervorbrachte, und kuschelte sich ein. Ihr Körper verschmolz wieder mit dem Land, welches sie schon seit Anbeginn der Zeit auf ihrem Rücken trug. Sie legte ihren Mantel ab und ihr Leuchten war überall zu sehen. Es schien bis weit hinaus ins Universum – bis in die Heimat des Sternenmädchens.

Mit einem zufriedenen Seufzen beendete die alte Schildkröte ihre Geschichte. Am fernen Horizont zeigte sich bereits der erste Streifen Tageslicht, während die Sterne über ihnen einer nach dem anderen verblassten. Dennoch überdauerte ihr Glanz eine halbe Ewigkeit, das wusste jede Schildkröte.

Berührt öffnete die Jüngere ihre Augen.

„Ich danke dir, Großmutter. Dies ist eine ganz besondere Geschichte und ich werde sie weitertragen."

Genau dies hatte die Alte hören wollen.

„Geschichten“, meinte sie leise, „sind ein Teil unserer Vergangenheit und sie sind der Schlüssel zu unserer Zukunft – wenn wir mit dem Herzen zuhören.“

Großmutter Schildkröte gähnte ausgiebig. Es war Zeit für sie zu gehen. Dieser Mantel wurde langsam schwer. Die Jüngere spürte Großmutters Bedürfnis nach Ruhe und verabschiedete sich von ihr. Gemütlich schaukelte sie davon und die Großmutter war sich sicher, dass sie dabei ein wenig leichter ging als zuvor. Sie lächelte, ja, Geschichten besaßen diese Kraft. Also zog die Schildkröte ihren Kopf und die Beine ein, schloss ihre Augen und freute sich auf ein neues Abenteuer.

Auf der Anhöhe blickte ihre junge Artgenossin noch einmal zurück. Dort, wo die alte Schildkröte gestanden hatte, lag nun ein Stein.

Die Jüngere blinzelte einige Male und sie hätte schwören können, dass dieser ganz langsam im Boden versank und eins wurde mit der Erde. Aber vielleicht war es auch bloß eine Täuschung.

Auf jeden Fall, als die Sterne das nächste Mal am Himmel leuchteten, tanzte eine junge Schildkröte ihren ersten Tanz.

Wind im Wald

„Freundschaft fließt aus vielen Quellen, am reinsten aber aus dem Respekt.“
Daniel Dafoe

Flink huschen sie durch die Wälder. Schlängeln sich geschickt durchs Unterholz, springen elegant über Hindernisse, verharren regungslos, verschmelzen mit ihrer Umgebung. Leise und unauffällig gehen sie durchs Leben, setzen ihre Schritte mit Bedacht oder pirschen so schnell wie die Winde durch die Nacht. Sie jagen um die Wette, tanzen gemeinsam um Baumstämme.

In den alten Tagen, so wird es erzählt, hatte der Wind noch keine Erlaubnis, durch die Wälder zu ziehen. Wohl war es ihm möglich, dicht über die Baumwipfel zu fegen und an den Waldrändern zu wüten, doch die Bäume gewährten ihm keinen Einlass unter ihren Kronen.

Standhaft schützten sie alles Leben, das zwischen ihnen hauste. Sie liebten jedes einzelne Geschöpf, es war ihr höchstes Gut, jene, die kleiner als sie waren, sorgsam zu behüten. Viele Tiere und Pflanzen kannten nur die sichere, stets gleichbleibende Baumdecke über ihren Köpfen. Gelegentlich fiel ein alter Baum in sich zusammen, doch ansonsten blieb es meist still im Wald.

Das Leben in jenen Tagen war geordnet.

Jedenfalls für jene, welche sich entschieden hatten, im Wald zu wohnen. Doch gab es eine große Schwierigkeit, die ihnen stark zu schaffen machte. Obwohl die Bäume stets frischen Sauerstoff produzierten, fehlte am Waldboden der Wind, der ihn zerstreute.

Die frische Luft stieg in die Höhe, wanderte zum Himmel und wurde dort vom Wind über die Erde verteilt. Unter den Baumkronen also stand die Luft, war oft trocken, und an heißen Tagen wurde selbst ein kurzer Gang an den Fluss zur Qual. Einzig die Vögel hatten es einfacher. Sie entflohen durch das Blätterdach in den offenen Himmel.

Es war an einem besonders warmen Frühsommertag, der letzte Regen lag bereits viele Tage zurück und die Luft war staubtrocken. Selbst im Liegen bereitete den Tieren das Atmen Mühe. Seit jenem Morgen war der Wald wie ausgestorben, nichts und niemand bewegte sich. Einzig ein Reh schleppte sich durch das Unterholz. Die Ricke war kurz vor der Niederkunft und da es nicht ihr erstes Kind war, wusste sie, dass sie mehr frische Luft brauchte. Ansonsten würden sie und ihr Junges sterben. So schlich sie kraftlos, getrieben von der Verzweiflung einer Mutter, Richtung Waldrand. Außerhalb der schützenden Bäume, das war ihr wohlbewusst, war sie den Raubtieren schutzlos ausgeliefert, aber im Inneren des Waldes würde sie mit Sicherheit ersticken. Also zwang sie sich weiterzugehen.

Irgendwann fand sich die Ricke auf einem offenen Feld wieder, brach erschöpft zusammen und schlief ein.

Ein jäher Schmerz ließ sie wieder aufschrecken. Die Sonne war bereits ein gutes Stück über den Himmel gewandert. Sie holte tief Luft und keuchte schwer. Ihre Wehen kamen, aber wenigstens hatte sie genügend Sauerstoff für sich und ihr Kleines. Um sie herum war ein Schild aus Gras, das sie hoffentlich vor neugierigen Blicken schützen würde.

Auf einmal strich der Wind durch das kniehohe Gras, er fegte es erst nach links und dann nach rechts, gab gelegentlich die Sicht auf die Ricke frei und verdeckte sie dann wieder. Panik machte sich in der werdenden Mutter breit, denn sie war es nicht gewohnt, vom Wind umgeben zu sein. Wie so viele andere Waldbewohner hatte sie den Schutz der Stehenden Leute nie wirklich verlassen. Der Wind konnte ihre Angst fühlen und wurde ganz ruhig. Er setzte sich neben die Ricke und ließ das Gras nur noch an den Spitzen tanzen.

„Was machst du hier draußen?“, frage er freundlich.

Die Ricke rang ihre Furcht vor dem Windgeist nieder.

„Im Wald war keine Luft.“

Der Wind nickte: „Ich verstehe“, sagte er mitfühlend.

Ihm war schon lange bewusst, wie es um die Luftverhältnisse unter den Baumkronen stand. Deswegen hatte er immer wieder das Gespräch mit den Bäumen gesucht. Aber die Stehenden Leute fürchteten seine

Wildheit, seine stürmische Seite. Wohl zu Recht, dennoch, seine Anwesenheit im Wald würde langfristig betrachtet allen zugutekommen.

„Keine Sorge, ich passe auf dich und dein Kleines auf."

Kaum hatte er dies verkündet, erschuf er starke Böen rund um die Rehmutter und hüllte sie schützend in seiner Mitte ein. Dort war es angenehm ruhig und die Luft war herrlich.

Dankbar ließ sich die Mutter zurücksinken. Sie spürte die Bewegungen ihres Kindes, welches aus ihrem Leib drängte, und brachte ihr Junges umgeben vom Wind zur Welt. So geborgen hatte sie sich schon lange nicht mehr gefühlt. Der Wind bewegte die Gräser am anderen Ende des Feldes, sorgte für Ablenkung und verwirrte allfällige Jäger.

Als Mutter und Kind sich stark genug wähnten, beschloss die Ricke, wieder in die Sicherheit des Waldes zurückzukehren. Doch heimlich, zwischen ihnen versteckt, schmuggelten sie den Wind mit hinein. Sie trugen ihren neuen Freund tief, tief in den Wald und dort ließen sie ihn ziehen. Freudig und kräftig fegte er durch die Bäume, brachte sie zum Zittern, ließ sie knarren, ächzen und einige sogar brechen.

Zu Beginn versuchten die zutiefst empörten Bäume, ihn aus ihrer Mitte zu vertreiben. Aber bald erkannten sie, was für eine Wohltat sein Dasein für Tiere und Pflanzen gleichermaßen bedeutete. Sein Treiben brachte Veränderung mit sich und die Bäume beobachteten mit Freude, wie munter ihre Schützlinge auf einmal waren. Und nicht nur das, sie selbst begannen, ihren Spaß mit dem Wind zu haben, dafür nahmen sie gerne ein bisschen Chaos in Kauf.

Seit jenem Tage verbindet die Rehnation eine besondere Freundschaft mit dem Wind. Noch heute verstecken die Rehe ihre Kitze im hohen Gras, wo ihr Freund der Wind auf sie aufpasst. Und aus Dankbarkeit, dass die Rehe ihm den Weg in den Wald wiesen, blies der Wind ihnen unter die Hufe und schenkte ihnen Schnelligkeit, Wendigkeit und Sprungkraft. Die Rehe hingegen lehrten den Wind, wie er auch mit Sanftmut im Wald herumstreichen kann, ohne den Bäumen ein Leid zu tun. Natürlich erlaubt sich dieser immer wieder seine stürmischen Spielchen, denn am Ende ist er, wer er ist, und das ist auch gut so, denn sonst wäre er nicht der Wind.

Vier Steine für die Fülle

„Reich ist, wer weiß, dass er genug hat.“
Laotse

Es gab einst eine Zeit, welche die Kühe „die Tage der Selbstfindung“ nannten. In jenen Tagen war das Leben der Kuhnation geprägt von Hektik und Rastlosigkeit. Wohl lebten sie bereits gemeinsam mit den Menschen und gaben ihnen ihr Fleisch und ihre Stärke, wurden aber von einer ständigen inneren Ungeduld geplagt. So aßen sie zum Beispiel in einem Tempo, welches ihnen Magenschmerzen bereitete, konnten sich aber dennoch nicht mäßigen. Das Einzige, worauf sie wirklich stolz waren, das waren ihre Hörner. Dank deren Hilfe können sie Luftveränderungen und andere Schwingungen wahrnehmen. Ebenso verbessern sie ihre Kommunikation und helfen ihnen bei der Orientierung.

Unsere Geschichte beginnt mit einer Kuh im mittleren Alter. Sie war bereits Mutter von fünf Kindern geworden und selbst wenn nicht mehr alle bei ihr lebten, war ihre Liebe für sie unantastbar. Dieses Jahr jedoch war sie nicht trächtig geworden. Merkwürdigerweise bekümmerte es sie nicht. So hatte sie das erste Mal in ihrem Leben Zeit für sich selbst. Anfangs war es ein ungewohntes Gefühl gewesen, zumal bei all ihren Freundinnen und Schwestern der Bauchumfang wuchs und wuchs. Ihre Gedanken waren auch ganz auf die

Nahrungsaufnahme und die kommende Niederkunft fokussiert. Da der Hunger der Kuh nicht so groß war wie der einer trächtigen, nahm sie auf einmal andere Dinge wahr.

Sie stand auf der Weide, beobachtete die Vögel oder die Menschen, wie sie ihren Arbeiten nachgingen. Als sie dabei einmal ihre Sippe beim Grasen betrachtete, fiel ihr auf, wie gierig diese ihr Fressen hinunterschlang.

Sie bemerkte, dass andere Tiere wie die Rehe und Pferde die Nahrung mit sehr viel mehr Genuss verspeisten.

Je länger die Kuh über diese Tatsache nachdachte, umso trauriger wurde sie. Die Erkenntnis, dass dies das Leben ihrer Art sein sollte, betrübte sie zutiefst. Sie beschloss, etwas zu ändern, auch wenn sie noch nicht wusste wie, denn am Ende war sie ja bloß eine einzelne Kuh.

Noch in derselben Nacht, als sie gemütlich im warmen Stroh lag, träumte sie. In ihrem Traum erschien ihr ein Spirit. Nachdrücklich wies er sie an, beim nächsten Nebel Richtung Osten zu marschieren. Sie solle so lange wandern, bis sie zu einem großen Berg gelange, und dort einer roten Zipfelmütze ihr Leid klagen.

Als die Kuh am nächsten Morgen erwachte, schien die Sonne. Der Traum verwirrte sie und nachdem auch der übernächste und der darauffolgende Tag voller Sonnenschein war, tat sie ihn als belanglos ab.

Am vierten Tag jedoch schreckte sie früher als gewohnt aus ihrem Schlaf hoch. Nachdem sie nicht mehr einschlafen konnte, beschloss sie, nach draußen zu gehen. Sie steckte den Kopf aus der Stalltür und blickte in eine dichte Nebelwand. Ganz leise vernahm sie eine Stimme, die wie die des Spirits aus ihrem Traum klang. Unschlüssig stand sie im Eingang. Sie wusste, wo Osten lag, denn sie sah sich gerne den Sonnenaufgang an.

Nachdem ihre Gedanken sich im Kreis zu drehen begannen, entschied sie, einfach loszugehen. Was gab es schon zu verlieren?

Im schlimmsten Fall würde sie die Umzäunung stoppen.

So trottete die Kuh los und wurde schon bald vom Nebel verschluckt. Sie ging und ging und begann sich bald zu wundern, wann sie wohl das Ende der Weide erreicht habe? Ungewohnt war auch das Auf und Ab, ebenso wie die Veränderung des Untergrunds.

Längst berührte sie nicht mehr das Gras, sondern den Waldboden. Eigentlich wollte sie umkehren, dennoch setzte sie stoisch einen Schritt vor den anderen.

Plötzlich lichtete sich der Nebel und die Kuh fand sich an einem fremden Ort wieder. Vor ihr erstreckte sich eine weite Hügellandschaft. Saftiges Gras wuchs soweit das Auge reichte, während in den Senken einzelne Bäume hausten. Hinter ihr tat sich ein imposanter Wald auf. Zu ihrem Erschrecken stellte sie fest, dass sie diesen durchquert haben musste. Jedoch konnte sie nirgends einen Weg entdecken und auch ihre Spuren schienen sich mit dem Nebel in Luft aufgelöst zu haben. In diesem Moment machte sich die Sonne bereit, hinter den Baumwipfeln zu versinken, der Abend nahte. Da der Kuh nichts anderes einfiel, ging sie weiter Richtung Osten.

Tage um Tage vergingen. Jeden Morgen machte sich die Kuh auf den Weg, stets der aufgehenden Sonne entgegen. Gras gab es in Hülle und Fülle und immer wieder kreuzte ein Flusslauf ihren Weg. Nachts suchte sie Schutz unter den Bäumen und nachdem sie sich an das Alleinsein und die nächtlichen Geräusche gewöhnt hatte, schlief sie auch annehmbar.

Auf ihrer Wanderschaft begegneten ihr allerlei neue Pflanzen, Bäume und Tiere. Manchmal verbrachte sie ein paar Tage in der Gesellschaft von Hasen oder Rehen, ehe sie erneut weiterzog. Denn sobald sie zu lange an einem Ort blieb, bekam sie fürchterliches Beinjucken.

Ihre Reise war unglaublich in sämtlichen Aspekten. Sie lernte nicht nur viele Freunde kennen, sondern auch das Leben und Mutter Erde zu lieben. Mit jedem Abenteuer wuchs sie ein Stückchen über sich hinaus. Ihr Herz schien immer größer zu werden, damit es *Platz* für den ganzen Reichtum an Erfahrungen hatte. Einmal entkam sie nur knapp einem hungrigen Wolfsrudel, ein anderes Mal wäre sie fast mit einem plötzlichen Erdrutsch in eine Spalte gefallen.

Auch überraschten sie gelegentlich auf offenem Feld Gewitter – und das trotz ihrer empfänglichen Hörner. Dann legte sie sich nieder, machte sich so klein wie möglich und wartete, bis die Regengeister weiterzogen.

Mittlerweile war die Kuh schon so lange unterwegs, dass sie anfangs gar nicht merkte, dass in der Ferne ein Berg sichtbar wurde. Erst ging sie darauf zu, ohne weiter darüber nachzudenken. Aber nach einer Weile erinnerte sie sich an den eigentlichen Grund ihrer Reise. Gemischte Gefühle machten sich in ihr breit, denn es sah so aus, als würde sie bald am Ende ihrer Wanderschaft ankommen. Die Kuh wusste nicht, ob sie glücklich oder betrübt sein sollte, denn sie hatte ihr neues Leben zu schätzen gelernt.

So stand sie eines Mittags vor dem gigantischen Berg und wusste nicht, wie um Kuhs willen sie hier eine rote Zipfelmütze finden sollte. Aber wenn es etwas gab, was sie auf ihrer Reise gelernt hatte, dann war es, nicht gleich klein beizugeben. Neugierig und skeptisch zugleich machte sie sich auf die Suche. Über Stock und Stein stieg sie, fühlte sich manchmal beinahe wie eine Bergziege.

Es begann bereits zu dämmern, als sie bei einer Höhle anlangte. Dort, vor deren Eingang, hing eine Wäscheleine mit Tüchern – und einer roten Zipfelmütze. Das Herz der Kuh klopfte kräftig.

„Hallo“, rief sie in die Höhle hinein. „Jemand zu Hause?“

Nach einigen Augenblicken erschien ein kleines Männchen. Es hatte einen langen, weißen Bart, buschige Augenbrauen und ein blaues Mäntelchen an. An seinem Gürtel hing ein Hämmerchen. Die guten Schuhe zeigten, dass dieses Männchen harte Arbeit gewohnt sein musste. Bei ihrem Anblick begannen die Augen des Unbekannten zu leuchten und er winkte ihr freudig zu.

„Sei mir gegrüßt, edles Geschöpf."

Die Kuh fühlte sich durch die Anrede sehr geschmeichelt. Das war ihr während ihrer ganzen Reise noch nicht passiert. Sie grüßte höflich zurück und fragte: „Gehört diese rote Zipfelmütze dir?"

Das Männchen nickte eifrig. „Ja. Warum fragst du?"

Die Kuh seufzte erleichtert. „Das ist eine lange Geschichte..."

„Warum kommst du nicht hinein und erzählst sie mir? Ich mag Geschichten und es wird sowieso bald dunkel."

Allzu gerne nahm die Kuh die Einladung an und folgte dem Besitzer der Zipfelmütze in seine Höhle. Drinnen erwartete sie ein kuschliges Heim mit einem warmen Ofen und einem langen Tisch mit dampfendem Tee und Gebäck. Das Männchen stellte sich als ein Zwerg vor, der hier im Berg lebte. Wie die meisten von ihnen schürfte er nach Steinen und half dem Berg bei seinen Belangen.

Nachdem sie ihren Tee getrunken hatten, erzählte die Kuh ihrem Gastgeber ihre Geschichte. Dieser hörte gespannt zu, rauchte dabei seine Pfeife und unterbrach sie an spannenden Stellen mit gelegentlichen Zwischenrufen: „Oh, ah, oje oder heiheihe", rief er dann aufgeregt.

Als die Kuh mit ihrer Erzählung am Ende angelangt war, meinte er: „Und welches Leid hast du mir nun zu klagen?"

Da sah ihn die Kuh verblüfft an. Sie dachte nach und stellte fest, dass sie eigentlich nichts mehr zu klagen hatte. Ihr ging es wundervoll, sie war zufrieden, erfüllt und dankbar. Das Einzige, was ihr manchmal fehlte, war ihre Sippe. Da fiel es ihr wie Schuppen von den Augen. Ach, wie gerne würde sie all das Erlebte und ihre Erkenntnisse mit der Familie und ihren Freunden teilen. Sie aus ihrem hektischen Leben befreien, ihnen die Fülle des Seins näherbringen.

„Vielleicht können wir dir ja hierbei helfen – der Berg und ich", erwiderte der Zwerg. „Warte hier."

Er packte seinen Hammer, nahm einen großen Sack und verschwand im Innern des Berges. Ganze vier Tage blieb er fort. Vier Tage, in denen die Kuh überlegte, ob der Zwerg sich einen Scherz mit ihr erlaubt hatte.

Endlich, am Morgen des fünften Tages kam er zurück. Er war von Kopf bis Fuß mit Erde beschmiert und hielt freudig den Sack hoch, der nun prall mit runden Steinen gefüllt war. Mit einem breiten Lächeln trat er an die Kuh heran und öffnete seine Faust. Darin kamen vier runde Steine zum Vorschein.

„Dies ist unser Geschenk an dich und deinesgleichen. Schlucke diese vier Steine.“

Der Kuh war das zwar nicht ganz geheuer, sie tat aber, wie ihr geheißen. Sie war nicht so weit gewandert, um nun aufzugeben. Welch ein merkwürdiges Gefühl, diese Steine hinunterzuschlucken! Einer der Steine nistete sich gleich in ihrem Magen ein, während sich die anderen drei verteilten. Bald wurde sie unglaublich müde und musste sich hinlegen. Sie schlief lange und tief, träumte vom Reichtum ihrer Erlebnisse und in der Zwischenzeit wurden die Steine weich. Sie dehnten sich aus, formten sich, passten sich an und fügten sich in ihren Organismus ein. Als die Kuh wieder aufwachte, konnte sie die Veränderungen deutlich fühlen.

Auf einmal hatte sie vier Mägen anstelle von einem. Wenn sie nun aß, konnte sie dies genüsslich tun. Es gab nur noch wenige Dinge, die ihr Magenschmerzen bereiteten. Jeder der vier Mägen hatte seine Aufgabe und das Beste war, dass sie ihre Nahrung zweimal kauen konnte. Die Kuh fühlte sich wundervoll. Nun endlich war es ihr möglich, die ganze Fülle des Lebens in all seiner Kraft aufzunehmen, zu verarbeiten, etwas Neues daraus zu erschaffen und weiterzugeben.

Dankbar verabschiedete sich die Kuh und machte sich auf ihren langen Weg nach Hause. Der Zwerg hatte ihr den Sack mit den Steinen gut um den Hals gebunden, wo er hin und her baumelte. Jedes Mal, wenn die Steine aneinanderschlugen, erzeugten sie ein beruhigendes Geräusch.

Auf ihrem Rückweg besuchte die Kuh all ihre Freunde, erzählte ihnen von den Steinen und dem Zwerg. Mit jedem Tag wurde ihr Fell weicher und schöner, die Hörner begannen zu glänzen und ihre Augen schienen auf einmal größer zu sein ob all der Wunder, die sie erblickte.

Bis sie sich eines schönen Morgens wieder vor ihrem Stall fand. Groß war die Freude ihrer Familie, denn niemand hatte geglaubt, sie jemals wiederzusehen. Sie staunten nicht schlecht, da die Kuh so viel Zufriedenheit und Anmut ausstrahlte. Also erzählte sie ihre Geschichte. Jedes kleine Detail gab sie wieder, beinahe so, als würde sie ihr Essen wiederkäuen. Schließlich verteilte sie die Steine aus ihrem Sack und jeder ihrer Sippe schluckte vier davon.

Was für eine überschwängliche Ausgelassenheit am nächsten Tag unter den Kühen herrschte. Erst sprangen sie munter über das frische Gras, erfreuten sich an den vielen Farben, lauschten dem Wind und dem Singen der Vögel. Dann begannen sie zu grasen. Was für ein Genuss es war! Das Gras hatte ihnen noch nie so gut geschmeckt und die Freude am Essen wuchs mit jedem Bissen. Zwischen dem Grasen legten sich die Kühe hin, kauten ihr Essen ein zweites Mal und fanden endlich die innere Ruhe, das Leben zu betrachten.

Und nicht nur dies. Die Schwestern und Freundinnen der Ersten Kuh, wie sie von jenem Tag an genannt wurde, hatten während ihrer Abwesenheit ihre Kinder zur Welt gebracht. War ihre Milch zuvor dünn und nährstoffarm gewesen, so tropfte nun eine weiße Delikatesse aus ihren Eutern. Die Jungen wurden kräftiger und fröhlicher als ihre älteren Brüder und Schwestern. Und von der vielen Milch blieb stets auch ein Eimerchen für die Zwerge übrig. Letztendlich profitierten auch die Menschen von dem neuen Sein der Kühe. Denn nichts bereitete den sanften Wesen mehr Freude, als die Fülle ihrer Herzensgüte weiterzugeben.

So teilten sie nicht nur ihr Fleisch und ihre Stärke, sondern auch ihre Milch und ihre Zufriedenheit mit den Menschen.

Die Erste Kuh trug ihren Namen mit Stolz und wurde nie müde, von ihren Abenteuern zu erzählen, selbst wenn sie zu ihren Lebzeiten nicht mehr auf Wanderschaft ging. Noch heute werden diese Geschichten und die Verbundenheit zum Volk der Zwerge unter den Kühen weitergetragen.

Die Sänger der Ozeane

„Die Musik ist die gemeinsame Sprache aller Nationen der Erde."
Khalil Gibran

Es heißt, dass das Wasser die Erste Medizin sei. Als Mutter Erde noch sehr jung war, ist ihr Leib vollständig mit Wasser bedeckt gewesen. Über viele Zyklen hinweg entfaltete sich das Leben im sicheren Schutz dieses Elements, so wie auch wir noch heute im geborgenen Fruchtwasser heranwachsen. Die Erste Medizin zog vollkommen frei über den Planeten, erforschte jeden Winkel von Mutter Erde und nährte sie dabei.

Wundersame Wesen durchschwammen die schier endlosen Wasser, passten sich perfekt an ihre Umgebung an.

Doch irgendwann waren die drei Elemente Feuer, Erde und Luft unzufrieden. Auch sie wollten sich ausleben können, ihr Sein mit dem Leben und Mutter Erde teilen. Also sprachen sie mit Mutter Erde und der Ersten Medizin. Beide waren einverstanden, denn für das Wasser ergaben sich aus diesem Wunsch keine Konsequenzen. Die Erste Medizin würde sich lediglich von einigen Orten zurückziehen und somit der Erde, die sie stets bedeckt hatte, Raum geben.

Bald ragten Berge in den Himmel. Lava brach aus der Erde hervor und suchte sich ihren Weg über das Land bis ins Wasser.

Nach und nach gingen viele Bewohner des Wassers an Land und begannen dort ein neues Leben aufzubauen. Die Veränderung war ihnen äußerlich anzusehen, doch innerlich bestehen diese Geschöpfe bis heute noch immer zu großen Teilen aus Wasser.

Das Leben war wundervoll für Feuer, Erde und Luft, ebenso wie für Mutter Erde. Es war das Wasser, das mit den neuen Begebenheiten zu kämpfen hatte. Obgleich es sich alle Mühen gab, gestalteten sich die Lebensbedingungen für die Erste Medizin als äußerst schwierig. Immer wieder kämpfte sie mit sich, die Ufer nicht zu übertreten oder die Bäche nicht steigen zu lassen. Das Fließen, die Grenzenlosigkeit und die Ungestörtheit, das alles lag in ihrer Natur. Lange hielt sie ihren Kampf geheim, bis sie sich an ihre drei Geschwister wandte und diese um Hilfe bat.

Feuer, Erde und Luft berieten sich viele Tage. Schließlich erinnerten sie sich an die Lieder, die jeder von ihnen zu seiner Geburt erhalten hatte. Diese Lieder besangen ihre Stärken und Schwächen, halfen ihnen auf ihrem Weg. Was wäre, wenn man ein anderes Wesen bitten würde, die Lieder des Wassers zu singen, und die Erste Medizin somit in den Ozeanen halten würde?

Aufgeregt eilten die drei Geschwister zu Mutter Erde und der Ersten Medizin. Ihr Vorschlag wurde mit Begeisterung angenommen, auch wenn er bei genauerem Betrachten einige Risiken in sich barg. Die Tiernation, welche diese Aufgabe übernehmen würde, wäre gewissen Regeln unterworfen. Denn sollte ihr Gesang eines Tages verstummen, würde das Wasser über die Ufer steigen.

Die Erste Medizin, Feuer, Erde und Luft beriefen eine große Konferenz ein und sprachen über ihr Anliegen. Doch obwohl sich auf Anhieb einige Anwärter für die Position als Sänger der Meere fanden, konnte doch keiner die Erste Medizin überzeugen. Bis ein schöner Wal das Wort ergriff. Der Buckelwal vertrat seine Nation und sprach über die Liebe zum Wasser und zum Land, selbst wenn er jenes noch nie betreten hatte.

Dazu muss man wissen, dass die Wale damals zu einer noch jungen Nation zählten. Und nicht alle Tiere waren damit einverstanden, jemand so Unerfahrenes mit einer wichtigen Aufgabe zu betrauen. Die Erste Medizin aber entschied sich ohne Zögern für die Walnation.

Nicht das Alter sprach für sie, sondern die Verbundenheit, die sie hinter den Worten des Buckelwals gespürt hatten.

So war es eine beschlossene Sache, dass die vier Elemente sich den Walen annehmen würden, um sie die Lieder des Lebens zu lehren.

Seit jenem Tag werden die Wale auch die Sänger der Ozeane genannt. Ihr Singen beruhigt die See, es erinnert das Wasser an seine Vereinbarung und es erfüllt die Erste Medizin mit Glück.

Dennoch, seit dem Erlernen der Lieder, war es den Walen nicht mehr möglich, in irgendeiner Weise an

Land überleben zu können. Selbst der Weg über die Evolution war für sie unterbrochen, denn sobald sie mit dem Singen aufhörten, würde das Wasser steigen.

Also begannen sie in ihren Träumen zu all den wundervollen neuen Orten zu reisen, die nun dank ihnen zu Land geworden waren. Mit jedem dieser Träume gewann die Walnation an Weisheit, denn sie verwebte das neu erworbene Wissen immer wieder neu mit ihren alten Liedern. Nie bereute sie ihre Entscheidung, denn das Singen erfüllte sie zutiefst. Und bis heute sind es diese Lieder, die allen Vierbeinern, Kriechern, Fliegern und auch uns Zweibeinern das Leben, wie wir es kennen und lieben, ermöglichen.

Das Geschenk des Sternenvolkes

„Die Sonne lehrt alle Lebewesen die Sehnsucht nach dem Licht. Doch es ist die Nacht, die uns alle zu den Sternen erhebt.“
Khalil Gibran

Am Himmel zieht eine Krähe vorbei. Ihr Körper wirft einen dunklen Schatten auf den Boden, tanzt über Hügel und Steine, ihr schwarzes Gefieder glänzt im Sonnenlicht. Die runden Augen sind auf den Horizont gerichtet. Ein waches Glitzern funkelt in den tiefschwarzen Augen, nichts scheint ihrem Blick zu entgehen.

Sie fliegt weiter, das gleichmäßige Geräusch ihrer Flügel wird leiser und ihr einsames Krächzen hallt über die Weite zurück. Es ist kein lieblicher Klang, wie der Gesang einer Amsel oder der langgezogene Ruf eines Adlers. Die Krähe macht ihrem Namen alle Ehre und krächzt voller Stolz, denn der schwarze Vogel hat seine ganz eigene Geschichte.

Seit uralten Zeiten war es Brauch, dass das Sternenvolk jeder neuen Welt ein Geschenk überreichte. Nicht irgendeine Aufmerksamkeit, sondern ein Präsent für alles, was ist. Das Sternenvolk nahm sich viel Zeit und beobachtete jede Welt eine Weile, bis es die passende Idee hatte. Als Mutter Erde entstand, war dem Sternenvolk bald klar, dass es die Geburt eines ganz besonderen Juwels mitverfolgte.

Jede neue Welt war wundervoll auf ihre eigene Art, doch Mutter Erde war von einer Vielfalt gesegnet, wie das Sternenvolk sie selten gesehen hatte.

Zu Beginn knetete der Große Geist einen eindrucksvollen Steinklumpen und formte diesen dann liebevoll zu einer Kugel, wie er es bei allen Sternen tat. Erde und allerlei Mineralien wurden darauf verteilt, denn Stein und Wasser waren bereits vorhanden. Mit Hilfe von Feuer brachte er Bewegung in den Boden. Jedoch ließen sie die Kugel von der Ferne traurig und trostlos aussehen.

Der Große Geist erkannte, dass er die Erde nicht schutzlos lassen konnte. Also beschrieb er einen Bogen um die Erdkugel und so waren Vater Himmel und die Luft geboren. Zufrieden mit seinem Tun zog sich der Große Geist zurück. Die junge Mutter Erde solle selbst entscheiden können, wie sie leben wollte. Nicht lange danach ließ Mutter Erde auf den trockenen Stellen zahlreiche Pflanzen gedeihen. Bald wuchsen neben den Bergen auch Bäume in den Himmel und tief in den Meeren reckten die Algen ihre langen Arme zur Wasseroberfläche hin. Die Vielfältigkeit zog ihre Kreise und brachte die Tiernationen hervor.

Langsam begann sich das Leben dem Rhythmus der Sonne anzupassen, ganz so, wie es auf den anderen Sternen auch der Fall war. Das Sternenvolk kam aus dem Staunen nicht mehr heraus und verfolgte jede noch so kleine Veränderung mit Neugierde.

Es war entzückt.

Dennoch stellte sich immer noch die eine große Frage: Was für ein Geschenk konnte das sein, das Mutter Erde nicht selbst erschaffen konnte?

Nach langer Beratung entschied sich das Sternenvolk, der jungen Welt noch mehr Vielfältigkeit zu schenken – und zwar in Form einer ganz besonderen Tiernation.

Mit großer Hingabe erschufen sie einen fantastischen Vogel mit strahlendem Gefieder. Alles an ihm war weiß, selbst die Augen. Ein Vogel, der einzig dazu gemacht war, um die Schönheit und Einzigartigkeit der Sterne widerzuspiegeln. Eine pure Freude zum Anschauen mit einer Stimme, wie sie betörender nicht sein konnte.

Als das Sternenvolk mit seiner Arbeit zufrieden war, machte es sich für die Reise bereit. Doch wie sollte man etwas so Kostbares transportieren?

Schließlich war es nicht „bloß“ ein Gegenstand, es war ein beseeltes Wesen.

Am Ende wurde entschieden, den einzigartigen Sternenvogel in den eigenen Händen zu tragen. Schützend formte man mit den Händen eine Kugel um den Vogel und ermahnte ihn, während der Reise auch ja die Augen geschlossen zu halten. Das Licht im Universum sei ein anderes als jenes auf den Sternen und könnte ihn erblinden lassen. Der blütenweiße Vogel nickte und versteckte die leuchtenden Augen hinter den ebenfalls weißen Lidern. Nun konnten sie ihre Reise antreten.

Auf ihrem langen Weg von den drei Großen Sternen bis zu Mutter Erde kamen sie an unzähligen Welten vorbei.

Der weiße Vogel konnte das Sternenvolk miteinander sprechen hören. Er lauschte, wie es von den verschiedenen Welten schwärmte, an denen sie vorüberzogen. Gebannt versuchte er sich alles in seinem Kopf vorzustellen. Am Anfang ging dies gut, aber der Weg war wahrlich lange und der weiße Vogel war sehr neugierig. Wenn das Universum wirklich so wunderwunderschön war, wie das Sternenvolk es beschrieb, dann musste er es mit eigenen Augen sehen. Doch die Warnung des Sternenvolkes war sehr eindringlich gewesen und so konzentrierte er sich auf das, was er hörte. Leise und doch laut, langsam und doch schnell durchdrang der Gesang des Universums seinen Körper. Der weiße Vogel spürte ein unglaublich warmes Gefühl, das nur das endlose Lied des Lebens auslösen konnte, und begann langsam zu verstehen.

Es war kein gewöhnliches Lied, sondern alt und kraftvoll, es sprach von Geburt und Tod, Leben und Zerstörung im selben Atemzug. Und es führte den weißen Vogel an Orte jenseits seiner Vorstellungskraft – ließ ihn erfassen, wie die Schöpfung aufgebaut war.

Auf einmal hörte er, wie jemand vom Sternenvolk sagte: „Lasst uns eine Weile der Milchstraße folgen. Ihr

Leuchten gehört zum Schönsten, was der Große Geist erschaffen hat.“

Die anderen stimmten fröhlich ein und da konnte der weiße Vogel sich nicht mehr beherrschen. Er musste es selbst sehen.

Vorsichtig öffnete er seine Augen und linste zwischen den Fingern seines Trägers hervor. Was er da erblickte, nahm ihm den Atem. Die Einzigartigkeit und Schönheit der Milchstraße ließ den weißen Vogel alles andere vergessen. Mit weit aufgerissenen Augen betrachtete er das Feuerwerk des Lichts, die Impulse der Energie und ließ seinen Blick in die sich dahinter auftuende unendliche Schwärze gleiten. Nur, dass es keine wirkliche Dunkelheit war.

Unzählige Sterne leuchteten in der geborgenen Grenzenlosigkeit des Universums. Der kleine Vogel begann vor Rührung zu weinen und sein Blick verschwamm. Nach und nach wurde seine Sicht schlechter, ganz so, wie das Sternenvolk ihn gewarnt hatte. Allerdings war dies dem weißen Vogel gleichgültig, denn etwas so Wunderwunderschönes würde er nie mehr zu sehen bekommen. Deshalb hielt er seine Augen offen, bis er nur noch Schwärze sah. Doch das Lied des Lebens hallte weiterhin in seinem Herzen wider.

In der Zwischenzeit war das Sternenvolk mit seinem wertvollen Geschenk bei Mutter Erde angekommen. Es freute sich schon sehr darauf, den weißen Vogel durch die Lüfte fliegen zu sehen, unter sich die grünen Wälder und blauen Meere. Wie schön würde es sein, seinem herrlichen Gesang zu lauschen.

Begeistert begann es seinen Abstieg durch die einzelnen Himmelsphären. Doch hatte das Sternenvolk nicht an den Schutzschild von Mutter Erde gedacht. Selbst konnte es gefahrlos in die junge Welt eintauchen, aber nicht sein Geschenk. Mutter Erdes Schild hatte die Aufgabe, alles, was fremd war, von außen fernzuhalten.

Auf einmal begann der Vogel in ihren Händen vor Schmerz zu schreien und sein weißes Gefieder fing Feuer. Panik erfasste das Sternenvolk.

Jedoch gab es nichts, was es tun konnte, denn zurück in das uferlose Universum konnte es nicht. Die Atmosphäre dort wäre für den Vogel ebenso tödlich wie der Schutzschild.

Dem Sternenvolk blieb nur eine Wahl, es musste so schnell wie möglich den sicheren Boden erreichen.

Mit großer Sorgfalt legte es den Vogel auf den kühlen Erdboden. Von dem einst weißen Gefieder war nichts mehr übrig. Das Feuer hatte es in schwarze Asche verwandelt und der Vogel fing an zu keuchen. Ein merkwürdiges Krächzen löste sich aus seinem Rachen. Das Sternenvolk war erschüttert und sorgte sich sehr.

Der Vogel wusste nicht, wie ihm geschehen war, er blinzelte unablässig, wollte sehen, doch er hatte sein Augenlicht im Universum verloren. Als das Sternenvolk dies bemerkte, begann es zu weinen. Es vergoss bittere Tränen um den einst weißen Vogel.

Das arme Geschöpf war dem Tode nahe, hatte sein weißes Gefieder, seine wundervolle Stimme und sein Augenlicht verloren. Das Sternenvolk versuchte, sein Leben zu retten, doch in dieser Welt waren seine Kräfte nicht so groß.

Da kam Mutter Erde herbei. Ihr langes, weißes Haar tanzte wie Schaum auf den Wellen. Bunte Blumen waren in die Strähnen geflochten. Ihr warmes Lächeln strahlte eine tiefe Ruhe aus und brachte die himmelblauen Augen zum Strahlen. Ein grünes Kleid aus Blättern und Blüten umschmeichelte ihre Figur, raschelte bei jedem ihrer leichten Schritte. Mutter Erde war wunderschön, ein leuchtendes Juwel.

„Ich grüße euch", meinte sie freundlich an das Sternenvolk gewandt. „Und ich grüße dich, tapferer Vogel", flüsterte sie und ging neben ihm auf die Knie.

Mutter Erde war alles Leben heilig und der Schmerz des kleinen Vogels traf sie tief. Vorsichtig hob sie das schwarze Aschehäufchen auf und hielt es dicht vor ihren Mund. Die gütige Mutter holte tief Luft und blies ihren Atem sanft über den kleinen Vogel. Dann fing sie an zu singen. Ein Lied über die Sterne und die Reise des einst weißen Vogels. Sie sang von seiner Tapferkeit und Neugierde, von seinem Opfer und seiner Aufgabe.

Es wird erzählt, dass Mutter Erde niemals zuvor ein schöneres Lied gesungen hatte. Während die Welt ihrem Gesang lauschte, begann verbranntes Fleisch zu heilen, geschundene Knochen wuchsen zurück und neue Federn sprossen aus der Haut.

Der Vogel öffnete seine Augen und hatte seine Sehkraft zurückerlangt. Er ließ den Blick über seinen Brustkorb gleiten, streckte seine Flügel und betrachtete sein Gefieder. Ein Gefieder, so schwarz wie der Nachthimmel, das in allen möglichen Farben funkelte, wenn ein Sonnenstrahl es berührte. Auch seine Augen waren schwarz und in ihnen spiegelte sich die Endlosigkeit des Universums wider. Seine Reise mit dem Sternenvolk hatte ihn stärker gemacht, ihm das Herz für alles Leben geöffnet. Auch war er auf der Schwelle des Todes gewandelt und hatte gesehen, wohin die Seele zieht, nachdem der Körper dahinscheidet. Nun verstand er das Leben und den Tod gleichermaßen. Er besaß somit die Fähigkeit, zwischen Leben und Tod zu wandern. Der Vogel ließ ein freudiges Krächzen hören und sein rauer Klang erinnerte ihn an den Pulsschlag des Universums. Dies machte ihn sehr glücklich.

Dankbar wandte sich der schwarze Vogel an Mutter Erde. Er begann, sie zärtlich mit seinem dunklen Schnabel zu picken, was der gütigen Mutter ein mitreißendes Lachen entlockte.

„Ich habe lange auf dich gewartet, kleiner Freund“, sagte Mutter Erde liebevoll. „Viele Tage habe ich meine Gebete ausgesandt, bis der Große Geist und das

Sternenvolk diese erhört haben. Dafür danke ich euch", meinte sie und nickte dem Sternenvolk respektvoll zu.

„Mein kleiner Freund", fuhr sie an den Vogel gewandt fort, „du hast Dinge gesehen, die waren von solch atemberaubender Schönheit, dass dir im Vergleich dazu vieles trivial erscheinen mag. Ich weiß, du hast dem Lied des Lebens gelauscht und dein Herz hat es verstanden.

Du hast erkannt, wie die Schöpfung aufgebaut ist, und du stimmst mit mir überein, dass sie nach Richtlinien verlangt. Ebenso braucht es einzelne Wesen, die dafür sorgen, dass dieser Vertrag eingehalten wird."

Aufmerksam hatte der schwarze Vogel Mutter Erdes Worten gelauscht. Ein Gefühl von Geborgenheit war in ihm gewachsen und zum ersten Mal wusste er um seine Bestimmung. Er ließ ein zustimmendes Krächzen hören.

„Mein kleiner Freund, ich frage dich nun, ob du und deine Nachkommen diejenigen sein wollen, welche über den Vertrag wachen. Ob ihr unser Abkommen in Ehren halten möchtet, es verteidigt. Was sagst du?"

Der schwarze Vogel wusste einen Moment nicht, was er erwidern sollte. Die Ehre und die Verantwortung, die Mutter Erde ihm zuteilwerden ließ, war unbeschreiblich. Er nickte und stieß ein lautes Krächzen aus. Ein Zittern ging durch seinen Körper, besiegelte das Abkommen und band ihn an Mutter Erde. Der schwarze Vogel strahlte vor Glück. Auch wenn er nun gebunden war, einen Teil von sich selbst gegeben hatte, hatte er dafür so viel mehr erhalten – ein Zuhause, einen Sinn, eine Zukunft und eine Familie. Dieses Gefühl von Verbundenheit war unbeschreiblich, wie ein süßer Traum, aus welchem man nicht mehr erwachen wollte.

Mutter Erde lachte aus ganzem Herzen und bedankte sich in aller Form beim Sternenvolk. Dann beobachteten sie gemeinsam, wie der schwarze Vogel sich in die Lüfte erhob. Sein Lied war nicht so lieblich, wie das Sternenvolk es sich gewünscht hatte. Aber es sandte ein sanftes Vibrieren von Kraft und Demut durch den Körper …

…Die Krähe schlug mit ihren kräftigen Flügeln und machte sich auf, ihre neue Heimat zu erkunden. Sie flog höher als die meisten Singvögel, da es ihre Aufgabe ist, darüber zu wachen, dass alles unter ihr den Vertrag ehrt. Doch wetteifert sie aus Respekt nie mit dem Adler.

So verlangen es die Gesetzmäßigkeiten, die allen Artgenossen heilig sind.

Und so kommt es, dass die Krähe ihre Kreise zieht und uns mit ihrem Krächzen an die für alle gültigen Gesetze des Lebens erinnert. Und bis heute ist sie eine enge Vertraute des Sternenvolkes und von Mutter Erde.

Vom Feuer geküsst

„Liebe ist so mächtig, dass sie die ganze Natur mit ihrer Botschaft beauftragen kann."
Victor Hugo

An jenem Tag hingen die Wolken tief am Himmel. Sie tauchten das Land unter ihnen in Dunkelheit, trugen eine für diese Jahreszeit ungewohnte Kälte herbei. Am Horizont zuckten Blitze unheilvoll durch die Luft, während Donnerschläge die Erde zum Erzittern brachten. Der Wind heulte, drängte die schwarzen Wolken dicht aneinander. Unaufhaltsam suchte sich der Sturm seinen Weg über die Weiten.

Jeder Sturm bringt Chaos und Zerstörung mit sich, ebenso wie Wasser und neues Leben. Hagel und Wasser pflügen den Boden um, geleiten neue Erde und Samen an die Oberfläche und schwemmen Altes weg. Gelegentlich sorgt auch ein Feuer dafür, dass der Boden durch Asche wieder frische Nahrung erhält, um Neues entstehen zu lassen. Das ist der Kreislauf des Lebens und dessen sind sich alle Tiere bewusst.

Mittlerweile hatte der Sturm die ganze Prärie unter seinem Bann und auch von den geflügelten Wesen wagte sich keines mehr in die Lüfte. Schutzsuchend hatten sie sich in ihre Schlupfwinkel zurückgezogen und warteten. Die anderen Tiere taten es ihnen gleich, wodurch das weite Land bald gespenstisch verlassen wirkte. Einige der Vierbeiner aber waren zu groß und zu viele, um sich irgendwo verkriechen zu können. Die Büffel standen dicht beieinander, zogen mit ihren massigen Leibern einen schützenden Kreis um ihre Jungen. Sie würden das Gewitter dank ihrer Geduld und Standhaftigkeit wohl gut überstehen. Andere, wie die Pferde, besaßen grazilere Körper und waren seit jeher ängstlicher. Sie suchten ihr Heil meist in der Flucht, aber kein Tier war schneller als ein Gewittersturm.

Eine der wilden Pferdeherden war in ein kleines Tal geflüchtet. Erst seit Kurzem hatten sie einen neuen Hengst, einen jungen, der den Platz des alten eingenommen hatte. Er war noch unerfahren, aber letztendlich hatte die Leitstute das letzte Wort. Sie hatte Erfahrung und schon vieles gesehen. Es war auch nicht das erste Mal, dass die kleine Herde Schutz in jenem Tal suchte. Dennoch waren die Sorgen des jungen Hengstes groß – eine der Stuten würde bald sein erstes Fohlen gebären.

Selbst wenn die Pferde sich vor dem lauten Donner und den heimtückischen Blitzen fürchteten, wussten sie, dass der Sturm auch den lang ersehnten Regen bringen würde.

Das Ende des Tals wurde von einem hohen Erdwall umschlossen, der Schutz vor dem peitschenden Wind bot. Die Pferde drängten sich dicht aneinander, ihre bunten Leiber verschmolzen zu einer großen, unruhigen Masse. Braun, schwarz, weiß, gescheckt – bald war kein Unterschied mehr zwischen ihnen auszumachen. Die bekannte Umgebung schenkte den Pferden ein Gefühl von Sicherheit und als es über ihren Köpfen zu krachen begann, drängten sie sich noch näher an den Wall, die starke Erde in ihrem Rücken.

Da fuhr auf einmal ein besonders heller Blitz nahe dem Taleingang herab. Mühelos steckte der Funken das trockene Gras in Brand und bald stiegen erste Rauchschwaden in die Höhe. Bisher hatten die prall gefüllten Wolken noch keinen einzigen Regentropfen freigelassen und so konnte sich das Feuer ungehindert ausbreiten. Die Flammen suchten sich ihren Weg über die ausgedorrten Hügel, krochen dabei langsam auf das Tal zu. Von ihrem vermeintlich sicheren Platz aus konnten die Pferde das Feuer nicht sehen. Der junge Hengst, der ein kleines Stück abseits der Herde Stellung bezogen hatte, witterte es als Erster. Doch da war es bereits zu spät. Hohe Flammen hatten sie im Tal eingeschlossen, dichter Rauch trübte ihre Sicht, hing wie eine böse Vorahnung über der Umgebung.

Bald darauf erreichte auch die Hitze des Feuers die Tiere und Panik machte sich in der Herde breit. Es gab kein Entrinnen mehr, das Tal entpuppte sich als tödliche Falle. Die Angst ließ die Pferde erstarren, bis eine der Stuten einen panischen Schrei ausstieß und das Chaos ausbrach. Wild begannen die Pferde um sich zu schlagen, stiegen in die Höhe, rollten ihre Augen, bis nur noch das Weiße davon zu sehen war.

Es war der junge Hengst, der sich auf einmal schützend vor die Stuten stellte. Sein dunkles Fell glänzte vor Schweiß, die Flanken bebten stark vor Anspannung und in seinen sonst so ruhigen Augen stand nackte Angst. Unaufhaltsam kamen die Flammen näher, um ihm alles zu nehmen, was ihm lieb war, sein eigenes Leben mit eingeschlossen.

Dennoch wich der Hengst nicht zurück, selbst als die Hitze begann, seinen Geist zu trüben. Irgendwie wusste er, dass er alles war, was zwischen dem Feuer und seiner Familie stand. Er blähte die Nüstern und ließ seine starken Hufe auf die Flammen niederfahren, immer und immer wieder versuchte er sie zu ersticken. Es war ein aussichtloses Unterfangen und jedes Mal, wenn er auf die Erde krachte, klang es einem Donnergrollen ähnlich. Bald brannten selbst seine Hufe, doch trotz der unglaublichen Schmerzen gab der Hengst nicht auf. Er war blind vor Pein geworden, während die ängstlichen Rufe seiner Familie ihn zur Raserei trieben.

Durch den ungewohnten Lärm wurden einige Donnerwesen auf den verzweifelten Kampf des Hengstes aufmerksam. Zwischen den Donnerwesen und den Pferden hatte schon immer eine besondere Verbindung bestanden. Sie liebten deren wildes, freies Naturell, ihre Sanftheit und Güte und es gab für sie nichts Schöneres, als wenn die Pferde einem Donnergrollen gleich über die Weiten galoppierten.

Mit einem einzigen Blick erkannten die Donnerwesen die aussichtslose Lage der kleinen Herde und eilten ihr zu Hilfe. Sie begannen kräftig an den dunklen Wolken zu rütteln, brachten sie mit ihren Donnern zum Zittern. Bis sich – endlich – schwere Regentropfen vom

Himmel lösten und zischend in die Flammen fielen. Aus den einzelnen Tropfen wurde rasch ein schwerer Regenguss. Langsam erstarb das Feuer, hinterließ rauchende, schwarze Erde. Erleichtert stellten die Donnerwesen fest, dass ihr Eingreifen die Herde vor dem Tod bewahrt hatte.

Die Pferde beruhigten sich ein wenig und hießen den kühlen Regen willkommen. Doch leider war die Hilfe der Donnerwesen zu spät für den jungen Hengst gekommen. Zu tief waren seine Verletzungen und er lag im Sterben. Traurig versammelten sich die Stuten um ihn, stupsten ihn leicht an, als wollten sie ihn ermuntern aufzustehen. Aber der Hengst hatte all seine Kraft gegeben, um seine Familie zu schützen, und hatte nichts für sich selbst behalten. Der Regen brachte sein überhitztes Fell zum Dampfen, schenkte ihm etwas Linderung.

Bestürzt über das große Leiden des jungen Hengstes wollten die Donnerwesen ihn davon erlösen. Als sie aber die Gedanken und Gefühle des Hengstes lasen, waren sie verblüfft. Es war weder Trauer noch Zorn oder Schmerz darin zu finden. Nur Dankbarkeit für den Beistand der Donnerwesen, die seine Familie gerettet hatten. Sein selbstloses Opfer war notwendig gewesen, um seine Liebsten zu retten. Er bedauerte nur, sein Fohlen nicht mehr aufwachsen sehen zu können.

Tief beeindruckt von der großen Liebe des Hengstes zu seiner Familie verschlug es sogar den Donnerwesen (ja sie, die für Donner, Blitze und Stürme verantwortlich sind) die Sprache. Sie beschlossen sein Andenken zu ehren und geleiteten den Hengst auf seine letzte Reise, dorthin, wo das Gras stets grün ist.

Sieben Tage später gebar die Stute das Fohlen des Hengstes. Sein Fell war prachtvoll. Seine Mähne und sein Schweif tanzten wie Flammen im Wind. Die Augen waren schwarz wie Kohle und die dunklen Hufe härter als Stein. Wenn das Hengstfohlen über die Ebene preschte, sah es aus wie Feuer, das rannte. Keine Flammen, kein Blitz, weder Donner noch Hagel konnten ihm etwas anhaben, denn die Donnerwesen nannten ihn „Kleiner Bruder“ und hatten ihm dadurch die Furcht vor Gewittern genommen.

Es wird erzählt, dass es das erste Pferd war, das *vom Feuer geküsst* wurde Ein sogenannter Fuchs, dessen Fell bis heute die Farbe des Feuers trägt.

Kinder der Erde

„Du musst für den anderen leben, wenn du für dich selbst leben willst.“
Seneca

„Was führt dich hierher?“, fragte der alte Mann, während er die Glut neu entfachte. Er hatte freundlich gesprochen, dennoch verspürte die junge Frau einen Stich ob seiner Worte.

Beschämt blickte sie auf ihre vernarbten Hände hinunter, schloss die Augen, um sie nicht mehr sehen zu müssen. Frische Narben, noch von einem leichten Rot durchsetzt. Sie fraßen sich von ihren Händen über ihre Arme hinauf bis zu den Schultern. Die Kinder lebten, hatten das Feuer dank ihres Eingreifens überlebt. Doch die Flammen hatten die junge Frau entstellt zurückgelassen. Lange und schwer war ihr Kampf ums Überleben gewesen und als sie es endlich geschafft hatte, war sie nicht mehr dieselbe. Sie war dem Tod zu nahe gewesen, zu nahe, um vergessen zu können, tagtäglich erinnert durch ihre Narben.

Ein lautes Knacken ließ die Frau zusammenfahren. Panisch riss sie ihre Augen auf, rückte vom Feuer weg. Es brannte hoch zwischen ihr und dem alten Mann. Angst loderte in ihr auf. Sie wollte nicht sterben, aber gleichzeitig wollte sie nicht mehr leben. In seinen Händen hielt der Mann ein Stück Holz und ein Messer und begann zu schnitzen Die junge Frau jedoch presste die Hände auf ihre Ohren, um die Flammen nicht mehr hören zu müssen. Schwach erinnerte sie sich, den kleinen Jungen als Erstes aus den Flammen befreit zu haben. Der hatte sie bei der Hand genommen und hierher zu seinem Großvater gebracht. *„Was führt dich hierher?“*

Die Frage hing schwer in der Luft, drohte die Frau zu ersticken.

„Ich kann nicht mehr“, sagte sie leise.

Ihr gegenüber nickte der alte Mann und schnitzte weiter. Das Feuer warf wilde Schatten auf das Holz. Schließlich hob er den Blick und seine Augen trafen die ihren.

„Ich habe Kräuter hier“, meinte er. „Sie helfen dir zu reisen und wenn du wieder zurückkommst, wirst du vielleicht weitergehen können.“

„Wozu?“, fragte sie mit hohler Stimme.

Ein mitfühlendes Lächeln erschien in dem alten Gesicht. „Weil das Leben so ist.“

Er holte verschiedene Kräuter hervor und gab sie in einen Becher mit heißem Wasser. Diesen reichte er der jungen Frau. Zögernd nahm sie ihn aus den runzligen Händen entgegen. Alte Hände, die im schwachen Feuerschein beinahe wie die ihrigen aussahen. Dann saß sie da, den dampfenden Becher in ihrer Hand, gefangen zwischen Entscheidungen.

„Mein Enkel hat mir erzählt“, sagte der alte Mann auf einmal, „dass er auch einmal so stark sein will wie du, wenn er groß ist.“

Die junge Frau lachte trocken auf.

„Ich bin nicht stark."

„Für meinen Enkel bist du es."

Wortlos starrte sie in die Flammen, der Schweiß rann ihr über die Schläfen. Irgendwie wusste sie einfach, dass dies hier ihre letzte Möglichkeit war, zurück ins Leben zu finden. Also gab sie sich einen Ruck und trank den Becher in einem Zug leer. Kurz darauf fühlte sie sich entsetzlich müde, ihr Kopf drehte sich so stark, dass sie sich hinlegen musste. Der alte Mann begann zu singen, während Dämmerung ihren Geist umfing.

Als sie die Augen öffnete, musste sie einige Male blinzeln, ehe sie sich an das grelle Sonnenlicht gewöhnte. Sie hob die Hand gegen das Licht. Merkwürdig, irgendetwas an ihren Händen und Armen war anders, als würde etwas fehlen, doch sie konnte sich nicht erinnern was. Noch ein wenig benommen setzte sich die junge Frau auf. Sie befand sich auf einem kleinen Hügel. In der Nähe stand ein verkohlter Baum, von Dornen umrankt. Vereinzelte Felsbrocken lagen auf dem Gras und am Fuß des Hügels begann der Wald.

Es war ein schöner Ort, friedlich. Wenn da nur nicht diese Schwere in ihrer Brust wäre.

Eine jähe Bewegung neben ihr ließ die junge Frau zusammenschrecken. Auf einem der Felsbrocken drehte sich eine Eidechse wild im Kreis.

„Au, au", sagte die Eidechse mehr zu sich selbst.

„Heiß, wieso ist dieser Felsen so heiß?!"

Die junge Frau kicherte leise und fragte sich im selben Moment, wie es kam, dass eine Eidechse sprechen konnte.

Da hielt die kleine Eidechse augenblicklich inne und starrte die Frau an.

„Wie kommst du hierher?“, fragte sie unverwandt.

Verwirrt schwieg die Frau eine Weile.

„Ich weiß es nicht“, meinte sie schließlich.

Der Blick der kleinen Eidechse wanderte zwischen dem verkohlten Baumgerippe und der jungen Frau hin und her. Dabei ließ sie ihre Zunge unablässig hervor- und wieder hineinschnellen. „Die Eidechse überlegt“, stellte die junge Frau überrascht fest. Was für ein seltsamer Ort, an dem sie hier gelandet war.

„Ich werde dir helfen, Zweibeinige“, sagte die Eidechse auf einmal.

„Danke, aber ich weiß nicht recht wobei …?“

Eine Art Grinsen entfloh der Eidechse. „Die wenigsten Zweibeiner wissen das. Sie denken gegen die Natur und nicht mit ihr.“

„Das ist nicht gerade nett“, erwiderte die junge Frau leise.

„Zweibeinige“, fuhr die Eidechse sie an, „du bist hierhergekommen, weil du um Hilfe gebeten hast.“

Die junge Frau seufzte. Da sie ja schon einmal hier war, konnte sie dieses seltsame Spiel auch gleich mitspielen, dachte sie für sich.

„Also gut, aber würde es dir etwas ausmachen, mich nicht Zweibeinige zu nennen, ich habe einen Namen."

„Schön, wie lautet denn der Name, den du trägst?"

Kaum hatte die Eidechse ihr diese Frage gestellt, stellte sie erschreckt fest, dass sie sich nicht erinnern konnte.

„Ich weiß meinen Namen nicht mehr", flüsterte sie.

Die Eidechse schien mit ihren Schultern zu zucken.

„Eben, wie ich schon sagte, Zweibeinige."

Panik begann sich in der jungen Frau breitzumachen. Sie sah ihre Hände an und versuchte ein Zittern zu unterdrücken.

„Zweibeinige, dein anderer Name tut hier nichts zur Sache", sagte die Eidechse ruhig. „Ich habe dir einen für die Dauer deines Hierseins gegeben. Komm, nimm mich hoch! Deine Art kann nie lange bleiben."

Die eher barschen Worte der Eidechse verfehlten ihre Wirkung nicht. Langsam beruhigte sich die junge Frau wieder. Sie fühlte die Kraft hinter den Worten der Echse, selbst wenn sie diese nicht nachvollziehen konnte. *Zweibeinige* war ein merkwürdiger Name, aber sie beschloss, diesen vorläufig anzunehmen. Vielleicht erinnerte sie sich ja bald wieder. Bis dahin würde sie mit der Eidechse mitgehen. Verrückter konnte es ja kaum mehr werden. Sie streckte ihre Hand aus und die Eidechse krabbelte hoch und ließ sich auf ihrer linken Schulter nieder.

„Hast du denn einen Namen?“, fragte sie die Echse neugierig.

„Gilbert lautet der Name, den ich trage.“

„Gilbert?“, meinte die junge Frau verblüfft. „Das ist … ein merkwürdiger Name für eine Eidechse.“

Gilbert schnaufte belustigt.

„Hast du schon einmal eine Eidechse kennengelernt?“

„Nein, das wohl nicht“, gab sie kleinlaut zu.

„Eben. Woher willst du dann wissen, ob dies nicht ein sehr typischer Name für eine Eidechse ist?“

Die Zweibeinige schwieg und Gilbert wies sie an, Richtung Wald zu gehen. Das frische Gras piekste die junge Frau in ihre Fußsohlen. Verblüfft blieb sie stehen. Ihre Füße waren nackt, die Schuhe verschwunden, überhaupt trug sie außer einem einfachen Kleid nichts weiter am Leib.

Gilbert schien den Grund für ihre Verwirrung zu kennen. „Du bist im Reich der Tiernationen. Hier brauchst du nichts außer dir selbst.

Komm jetzt, Zweibeiner können nicht lange hierbleiben.“

Die junge Frau ging vorsichtig los.

„Was meinst du mit ‚hier‘?“

„Hörst du mir nicht zu? Gerade habe ich gesagt, du bist im Reich der Tiernationen. Früher waren viele Zweibeiner hier zu Besuch, aber das ist lange her. Heute suchen uns nur noch wenige von euch auf. Dein Stamm glaubt nicht mehr an unsere Kraft. Viele belächeln unsere Medizin."

Sie erreichten den Waldrand und Gilbert zeigte auf einen kaum sichtbaren Trampelpfad. Der Boden war trocken, unzählige Nadeln und Steinchen stachen der jungen Frau in die Füße.

„Bei Mutter Erde", meinte die Echse, „nun geh schon voran. Kleine Opfer werden gebracht, wenn du um etwas bittest."

Die junge Frau erwiderte verwundert: „Bitte, Gilbert. Ich werde nicht schlau aus dem, was du sagst."

Gilbert gab ihr mit dem Schwanz einen Klaps auf den Hals.

„Still", unterbrach Gilbert sie streng. „Hör einfach zu!"

Nach einem genervten Seufzen hielt die junge Frau still. Augenblicklich drangen die Geräusche des Waldes auf sie ein. Das Murmeln der Blätter, das Knarren von Holz. Die Lieder der Vögel hallten durch die Wipfel, der Wind strich sanft über ihre Haut. Hier und da war sogar das Tappen von Pfoten zu vernehmen. Sie konnte beinahe ihren eigenen Herzschlag hören und fühlte dabei, wie sich dieser langsam beruhigte.

Dann atmete sie die Gerüche ein. Sie waren intensiv, erdig, wild. Wenn sie so nachdachte, war es doch ganz gut hier. Die Geräusche füllten die unangenehme Leere in ihrem Inneren aus.

„Nun“, unterbrach Gilbert jäh das Schweigen.

„Was empfindest du, wenn ich dir nun sage, dass die Erde keine Kugel, sondern viereckig wie ein Kasten ist?“

Sie verzog das Gesicht. „Das ist falsch.“

„Ja, ich weiß. Aber wie fühlst du dich dabei?“, meinte Gilbert geduldig.

„Eingesperrt“, sagte sie nach einem Moment, verblüfft über ihre Antwort.

„Gut. Und was empfindest du, wenn du an das denkst, worüber wir zuvor gesprochen haben?“

Für eine Weile schwieg die junge Frau.

„Ich fühle mich leicht und bestärkt“, meinte sie verwundert.

„Sag mir, was ist denn so verkehrt an unserem Gespräch? Eines Tages wirst du es verstehen. Geduld ist alles, was du brauchst.“

Die Zweibeinige seufzte vor sich hin. Gilbert tippte sie mit seinem Finger an und zeigte geradeaus.

Eine Zeit lang folgten sie schweigend dem Pfad. Gilberts Worte hatten die junge Frau verwirrt. Sie erschienen ihr aus der Luft gegriffen. Dennoch fühlte sie sich beinahe von ihnen bestätigt.

„Hallo, Gilbert“, ertönte da eine leicht heisere Stimme aus dem Gebüsch.

„Hallo, Nachbar“, sagte Gilbert fröhlich.

„Darf ich fragen, was du mit einer Zweibeinigen hier willst?“, meinte der unbekannte Sprecher. Er klang nicht unhöflich, bloß verwundert, und wenn die junge Frau sich nicht täuschte, auch etwas besorgt.

„Hast du den verkohlten Baum auf dem Hügel gesehen?“

„Ja“, kam die Antwort aus dem Unterholz.

Noch immer hielt sich der Sprecher bedeckt und die Zweibeinige reckte neugierig den Hals. Doch entweder war der Sprecher ein Meister der Tarnung oder die Augen der jungen Frau ließen nach – sie konnte nämlich niemanden entdecken.

„Ich habe beschlossen ihr zu helfen.“

„Hmm…“

„Du bist anderer Meinung?“

Ein kurzes Schweigen. „Das ist es nicht“, erwiderte die Stimme nachdenklich, „aber ihr Stamm hört uns nicht mehr.“

„Ja“, meinte Gilbert mit leiser Trauer, „du redest vom Heute, ich denke an das Morgen.“

„Träumer“, neckte die Stimme scherzhaft. Dennoch glaubte die Zweibeinige, Achtung aus ihrem Klang zu hören.

„Vielleicht. Trotzdem, sie ist auf dem alten Weg hierhergekommen.“

„Wirklich?“ Der Sprecher klang angenehm überrascht. „Das ist gut.“

„Entschuldigung“, fuhr die junge Frau endlich dazwischen. „Ist es zu viel verlangt, nicht über mich zu sprechen, als wäre ich gar nicht hier?“ Gilbert lachte leise.

„Sie ist etwas empfindlich, was diese Dinge angeht.“

Begleitet von einem bellenden Lachen sprang ein wunderschöner Fuchs vor ihnen auf den Pfad. Sein rotes Fell glänzte im Licht und sein buschiger Schwanz sah aus wie eine flauschige Decke. Ein belustigtes Funkeln lag in den klugen Augen.

„Zweibeinige, du kannst nur hier sein, weil du nicht wirklich im Leben bist. Was wiederum bedeutet, dass du weder hier noch da bist. Ein höchst unglücklicher Zustand – wenn er wie bei dir ungewollt herbeigeführt wurde.“

Die junge Frau hob abwehrend die Hände. Ihr Kopf schwirrte.

„Warte, ich verstehe nicht“, meinte sie.

Der Fuchs schüttelte leicht den Kopf.

„Gilbert, das ist deine Aufgabe. Du hast sie aufgenommen.“

Fast schien es ihr, als würde Gilbert dem Fuchs die Zunge rausstrecken.

„Ich weiß“, seufzte er.

Daraufhin wandte der Fuchs seinen Kopf nach hinten. Vorsichtig rupfte er sich ein Büschel Fell aus seinem Schwanz und trat auf sie zu. Instinktiv hielt die junge Frau ihre Hand hin und der Fuchs ließ das Fellbüschel hineinfallen. Es war samtweich und leuchtete wie Feuer.

Der Menschenfrau fehlten die Worte, denn selbst wenn sie nicht verstand, was gerade geschehen war, fühlte sie eine besondere Kraft.

„Möge es dich auf deinem Weg schützen und deinem Körper Wärme schenken.“

Er nickte der Eidechse zu: „Gilbert.“ Und schon war er im Unterholz verschwunden.

Eine Weile blieben sie stehen, während um sie herum das Leben wie gewohnt weiterging. Vögel sangen, Bäume flüsterten, Pflanzen tuschelten und irgendwo murmelte ein Gewässer.

„Nun denn“, meinte Gilbert schließlich. „Wir sollten weitergehen.“

Die junge Frau nickte und setzte sich in Bewegung. Eigentlich brannten ihr unzählige Fragen auf der Zunge, aber sie wusste, dass sie aus Gilberts Erklärungen nicht schlauer werden würde. Außerdem, und dies wagte sie kaum zu Ende zu denken, war sie plötzlich von einer freudigen Erkenntnis erfüllt, dass sie nicht alles zu wissen brauchte.

So ging sie stumm weiter, das Fellknäuel des Fuchses sicher in ihrer Faust verwahrt.

An einer kleinen Lichtung bat Gilbert sie anzuhalten. Saftiger Klee und dichtes Gras schossen dort in die

Höhe. Da rief Gilbert mit hoher Stimme: „Huhu, Madame. Jemand zu Hause?“

Gleich darauf kam Bewegung in den grünen Klee und die junge Frau konnte beobachten, wie einige der roten Kleeköpfe wild hin und her schwankten. Dann hüpfte eine elegante Hasendame mit glänzendem Fell vor ihre Füße. Sie stellte sich auf ihre kräftigen Hinterbeine, schnupperte mit dem feinen Näschen. Die großen Ohren zuckten mal hierhin und mal dahin.

„Ahh, Monsieur Gilbert“, sagte sie mit einer feinen Stimme. „Wie schön, wie schön und Besuch hast du auch mitgebracht.“

„Madame“, meinte die Eidechse, „darf ich dir eine Zweibeinige vorstellen. Sie ist hierhergekommen, um uns um Hilfe zu bitten.“

„Oh, là, là. Wie erfrischend und sehr erfreut, Mademoiselle.“ Die junge Frau nickte ihr zu.

„Danke, ebenfalls“, sagte sie etwas schüchtern.

„Madame“, ergriff Gilbert erneut das Wort, „sicherlich hast du von dem verkohlten Baum auf der Wiese gehört?“

Die Hasendame sah Zweibeinige mitfühlend an.

„Gewiss. Oh, wie schrecklich, aber bei Gilbert bist du gut aufgehoben.“

Gilbert winkte ab.

„Danke, aber ohne solch eine wundervolle Bekannte wie dich, Madame, wäre ich schlichtweg verloren.“

„Aber, aber“, meinte die Hasendame und strich sich kichernd die Schnurrhaare glatt. „Vielleicht – eine kleine Stärkung für dich Zweibeinige?“

Daraufhin verschwand Madame Hase kurz im Klee und als sie wieder hervorsprang, reichte sie der Zweibeinigen ein vierblättriges Kleeblatt.

„Hier, mein Kind. Möge es dir helfen, dich deiner Furcht zu stellen. Um etwas Neues beginnen zu können, musst du erst dem Alten begegnen und es loslassen. Alles hat einen Sinn. Blicke hinter die Dinge. Erkenne das Positive, nutze es, lerne und gehe weiter. Dieses Kleeblatt gibt dir Kraft, Ausdauer und obendrein schmeckt es lecker.“

Die junge Frau schmunzelte und nahm das Geschenk entgegen.

„Ich danke dir vielmals, Madame.“

„Ach“, die Hasendame winkte ab. „Wir sind alle Kinder der Erde, wir sind eine Familie und in einer Familie ist man füreinander da. Gilbert, meine Empfehlung. Und Mademoiselle, möge das Beste für dich geschehen.“

So gingen die junge Frau und Gilbert weiter und folgten dem Pfad, welcher auf der anderen Seite der Lichtung tiefer in den Wald führte. Nach einer Weile meinte Gilbert: „Du bist so ruhig, Zweibeinige. Keine Fragen mehr?“

Gerade als die junge Frau etwas erwidern wollte, trat ihnen ein Reh in den Weg. Stolz stand es auf seinen langen Beinen, den hübschen Kopf hoch auf dem schlanken Hals. Die Menschenfrau fühlte sich augenblicklich in ihre Kindheit zurückversetzt und zum ersten Mal seit ihrer merkwürdigen Wanderung erinnerte sie sich an etwas. Das glückselige Gefühl, wenn sie im Wald ein scheues Reh gesehen hatte, und was es hieß, ein geliebtes Kind gewesen zu sein. Auf einmal schienen alle Lasten von der jungen Frau abzufallen, all der Schmerz, die Trauer, das Selbstmitleid lösten sich auf – zurück blieb nur das gleichmäßige Schlagen ihres Herzens.

Das Reh blickte ihnen aus seinen großen Augen entgegen. Eine Aura aus Sanftmut und Liebe schien es zu umgeben. Sogar Gilbert schwieg ehrfürchtig. Da stand das Reh, schön wie eine Statue, und nur das gelegentliche Zucken der großen Ohren erinnerte daran, dass es ein Wesen aus Fleisch und Blut war.

Plötzlich schrumpfte die Entfernung zwischen ihnen und mit einigen eleganten Schritten kam es näher. Die junge Frau glaubte, in den tiefgründigen Augen zu ertrinken, und bemerkte nicht, dass ihr die Tränen übers Gesicht liefen. Da trat die Ricke vor, reckte den Hals noch länger, bis sie mit ihrer Zunge zart die Tränen auffing. Sie leckte das Gesicht der jungen Frau, drückte ihr feine Küsschen auf die Wangen und blies sie dabei mit ihrem warmen Atem an.

Ein jäher Schmerz flammte in der Brust der Zweibeinigen auf. Es war ihr, als würde jemand eine versperrte Tür mit aller Kraft aufstoßen und sie mit einem

Freudenschrei hinaus ins Tageslicht springen. Kaum hatte sie diesen Gedanken zu Ende gedacht, trat die Ricke zufrieden zurück. Ihre Ohren richteten sich für einen flüchtigen Moment ganz auf die Menschenfrau, ehe sie mit geschmeidigen Sprüngen wortlos im Wald verschwand. Einige Augenblicke waren ihre leichten Schritte im Unterholz noch zu hören, dann hatte der Wald auch diese verschluckt.

Später hätte Zweibeinige nicht sagen können, wie lange sie unbeweglich dagestanden hatten. Auch Gilbert war wie erstarrt und als die junge Frau endlich weiterging, geschah es aus eigenem Antrieb.

Wie in einem fernen Traum zogen sie weiter durch den Wald und mit jedem Schritt fühlte sie sich kraftvoller. Sie hatte die rechte Faust auf ihr Herz gelegt. Sicher zwischen ihren Fingern verwahrt hielt sie das Fellknäuel und das vierblättrige Kleeblatt. Auf ihrer linken Schulter lächelte Gilbert zufrieden.

„Zweibeinige“, meinte die Eidechse schließlich, „lass uns einen Freund von mir besuchen. Bieg bei diesem Felsen hier in den Wald ab.“

Die junge Frau tat wie geheißen, neugierig, was wohl als Nächstes kommen würde.

Irgendwo war das Rauschen von Wasser zu hören. Sie bogen um einen weiteren Felsen und dann blieb Zweibeinige vor Schreck wie angewurzelt stehen. Dort, keinen Steinwurf entfernt, saß ein riesiger Bär und nagte genüsslich an einem Fisch. Er schmatze und knurrte dabei vor sich hin.

Die Menschenfrau trat einen Schritt zurück und unter ihren Füßen zerbrach ein Zweig. Sofort hob der Bär seinen Kopf und starrte sie unverwandt an. Die junge Frau wagte kaum zu atmen, als der Berg aus Fleisch und Fell den Fisch zur Seite legte und sich auf alle Viere fallen ließ. Er trat einige Schritte auf sie zu und beäugte die Zweibeinige mit unverhohlener Neugierde. Er fühlte ihre panische Angst, hörte, wie ihr Herz davonraste, und blieb in einigem Abstand stehen.

„Was ist, Kleines?“ Seine Stimme war tief und von leisem Knurren begleitet. „Hast du Angst vor mir? Fürchtest du deine eigene Geschichte?“ Traurig schüttelte der große Bär seinen gewaltigen Schädel.

„Ihr Zweibeiner seht nicht mehr, dass ihr am Ende bloß vor euch selbst davonlauft. Merk dir eines, Kleines: Es ist wichtig zu wissen, woher man kommt. Ich stamme von hier, von unserer Erde, wir sind ihre Kinder. Weiter flussaufwärts, da lebt meine Mutter, dort wurde ich geboren. Ich weiß, woher sie kommt, und ich kenne den Ort, von dem mein Vater kommt. Weißt du, woher du kommst?“

Zweibeinige biss sich auf die Lippen, denn zum Sprechen fehlte ihr der Mut, also nickte sie. Vor ihr richtete sich der Bär zu seiner ganzen Größe auf und blickte sie mit glitzernden Augen an. Nur mit Mühe schaffte es die junge Frau, stehen zu bleiben.

„Hmm“, meinte der Bär zweifelnd, „weißt du es hier, Kleines?“ Er legte sich die Tatze aufs Herz. „Nein, das tust du nicht. Ich kann es in deinen Augen sehen. Dein Stamm jagt uns, tötet uns, ohne zu wissen, dass ihr dabei auch euch selbst tötet. Eure Ahnen wussten, sie haben sich erinnert. Doch die Lieder und Tänze sind verloren gegangen, oder kennst du noch ein Bärenlied?“

Der Zweibeinigen wurde es immer unwohler und als der Bär sich dann auf seine Vordertatzen zurückfallen ließ, war es beinahe um sie geschehen. Die Angst ließ ihre Hände schwitzen, bis sie das Kitzeln des vierblättrigen Kleeblattes spürte. Madame Hase hatte es ihr gegeben, damit sie sich ihrer Furcht stellen konnte. Und der Fuchs hatte ihr etwas von seinem Fell als Schutz dagelassen. Sie war nicht alleine, und wenn sie es recht bedachte, hatte der Bär freundlich gesprochen.

Auf einmal schien es, als würde sich ihr Blickwinkel verschieben, und die junge Frau sah den Bären in neuem Licht. Er hatte sich nicht aufgerichtet, um ihr Angst einzujagen, sondern vielmehr, um seinen Worten mehr Gewicht zu geben. Damit hatte er ihr zeigen wollen, woher er stammte, es lag kein Angriff dahinter.

„Entschuldige“, sagte sie schließlich mit leicht zitternder Stimme, „es tut mir leid, ich kenne kein Bärenlied.“

Der Bär brachte sein Gesicht auf ihre Augenhöhe. „Gut“, brummte er zufrieden, „du beginnst, dich zu erinnern, Kleines. Aber du irrst dich, es gibt noch welche, die kennen die Lieder. Finde sie und lerne deine Wurzeln kennen."

Er hielt ihr seine wuchtige Tatze hin und zwischen den scharfen Krallen lag ein runder Stein. Es kostete die Zweibeinige ein wenig Mut, zum Bären zu gehen. Sie sah ihm in die Augen, die warm und freundlich waren.

Vorsichtig nahm sie den Stein entgegen.

„Der Stein ist alt, er war der Erste hier", brummte der Bär leise. „Hör ihm zu!"

Damit drehte sich der große Bär um und stampfte davon. Äste knackten, während er sich seinen Weg zum Fluss bahnte. Dann war ein lautes Plantschen zu hören, gefolgt von einem zufriedenen Schmatzen.

Gilbert lachte leise.

„Es ist Fischsaison. Ein kleines Wunder, dass er überhaupt mit uns gesprochen hat."

„Aha" war alles, was die junge Frau hervorbrachte.

Die Eidechse kicherte.

„Komm, das hast du gut gemacht, Zweibeinige. Ich muss gestehen, du hast mich sogar ein wenig überrascht."

Wider Willen musste sie schmunzeln, während sie ihre Schätze weiterhin sicher in der Faust verwahrte.

„Danke. Und nun?"

„Wir gehen weiter."

Die Zweibeinige zog ihre Augenbrauen hoch und folgte einem neuen, etwas breiteren Pfad durchs Unterholz.

„Das ist mir klar.“

Gilbert schüttelte sanft den Kopf.

„Nein, ist es nicht. Das Leben, Zweibeinige, geht immer weiter und wir gehen mit.“

„Gilbert“, stöhnte die junge Frau auf, „du weißt doch, ich werde nicht schlau aus deinen Rätseln.“

„Ja, deswegen macht es auch solchen Spaß“, entgegnete die Eidechse grinsend.

Abrupt blieb sie stehen.

„Dann ist das Ganze also nur ein Spiel für dich?“

„Selbstverständlich nicht“, entgegnete Gilbert ernst.

Die junge Frau fühlte einen Sturm an Gefühlen in ihrer Brust. Sie war verletzt. Führte die Eidechse sie am Ende einfach nur wahllos durch den Wald und erlaubte sich einen Scherz mit ihr?

„Sei ihm nicht böse, Zweibeinige“, erklang auf einmal eine trockene Stimme aus der Luft.

„Unser Gilbert ist manchmal ein bisschen frech, aber er hat recht, Spaß gehört zum Leben.“

Die Echse blickte hoch und schenkte der Sprecherin ein breites Lächeln.

„Hallo, Großmutter Spinne.“

Aus den Baumwipfeln sauste eine große Spinne herab. Ihr Körper hing an einem langen Faden, der irgendwo über ihr an einem Ast befestigt sein musste. Mit einem Ruck kam sie auf der Augenhöhe der Menschenfrau zum Halten. Dabei schaukelte sie heftig hin und her.

„Chmm“, hüstelte sie und versuchte, ruhig in der Luft zu hängen.

„Ich sollte mir Sprünge aus dieser Höhe abgewöhnen.“

Auf einmal schien Gilbert besorgt.

„Großmutter Spinne, wir hätten dich schon aufgefangen.“

Die schwarze Spinne blickte auf ihre acht haarigen Beine und hielt den Kopf etwas schief. Ihre winzigen Knopfaugen glitzerten, als sie Gilbert und die Zweibeinige betrachtete. Nun konnte die junge Frau sehen, dass sich ihre Greifzangen beim Sprechen bewegten. Ein Schauer lief ihr den Rücken hinab.

„Von dir weiß ich das, Gilbert. Aber bei der jungen Zweibeinigen bin ich mir nicht so sicher. Oder, Kindchen, hättest du mich aufgefangen?“

Die Menschenfrau schluckte. Ihr Blick hing weiter wie erstarrt am beinahe grotesk wirkenden Körper der Spinne. „Nun“, sie schluckte abermals, „sicher hätte ich das.“

„Belügen kann ich mich ganz gut selber, danke, Zweibeinige. Aber, ich will dir dennoch weiterhelfen. Schließlich sind wir alle Kinder von Mutter Erde.“

Die junge Frau spürte, wie sie rot anlief. Sie wollte den Mund öffnen, aber Großmutter Spinne hob eines ihrer Beine und gebot ihr Einhalt. Ihre anderen Beine waren mit irgendetwas emsig beschäftigt.

„Es ist deine Zukunft, Kindchen. Du webst dir dein eigenes Netz mit deinen Worten, Taten und Gedanken. Begegnest du anderen Wesen mit Vorurteilen, werden andere dir ebenso begegnen. Trittst du Unbekanntem aber freundlich entgegnen, wirst du den Unterschied bald bemerken. Ich bin Großmutter Spinne – ich spinne die Fäden von Vergangenheit, Gegenwart und Zukunft. Ich erschaffe ein Netz des Lebens und wer meine Sprache kennt, der kann sie lesen. Denn sobald etwas gewebt wurde, ist jedes Netz Vergangenheit – ein Träger von dem, was einst war. Die Zukunft jedoch ist noch nicht gesponnen. Diese wird gerade jetzt geboren, in jedem Augenblick von neuem.“

Mit diesen Worten zauberte sie unter ihren Füßen einen Beutel hervor.

„Hier kannst du deine Geschenke verwahren. Niemand wird es wagen, sie darin zu berühren. Der Beutel, Kleines, ist wie Mutter Erdes Schoß. Er nährt deine Schätze, gibt ihnen Atem, denn dies ist das Geschenk der Weiblichkeit – Leben.“

Die Zweibeinige griff vorsichtig nach dem Beutel. Er war federleicht, beinahe durchscheinend, und die junge Frau glaubte, er würde bei bloßer Berührung zerfallen. Doch der Beutel hielt ihrem Griff stand und unter Großmutter Spinnes aufmunterndem Blick nahm sie das Fuchsfell und schob es vorsichtig hinein. Dann folgten das Kleeblatt und der Stein.

Zu ihrer großen Überraschung schien der Beutel sehr groß und strapazierfähig zu sein.

„Zweibeinige", meinte Gilbert schließlich sanft, „denk an das Geschenk der Ricke."

Für einen Moment starrte die junge Frau ihn verständnislos an. Die Ricke hatte ihr ja gar nichts gegeben. Sie dachte angestrengt nach und dann, auf einmal, hob sie den Beutel an ihren Mund und blies sachte hinein. Ein wohlig warmes Gefühl machte sich daraufhin in ihren Händen breit, kribbelte ihre Arme hoch und verteilte sich im Rest ihres Körpers.

Die Zweibeinige fühlte sich wundervoll. Großmutter Spinne nickte zufrieden und, ohne ein weiteres Wort zu verlieren, kletterte sie an ihrem Faden in die Baumwipfel zurück.

„Danke", rief die junge Frau ihr aufrichtig hinterher. „Danke, Großmutter Spinne."

Danach stand sie einfach da und betrachtete den Beutel. Noch immer konnte sie sich nicht an die wichtigen Dinge erinnern. Weder wer sie war noch woher sie kam. Aber dieser Beutel enthielt alles, was ihr etwas bedeutete. Die Tiere hatten ihr diese Geschenke überreicht und Gilbert hatte sie den ganzen Weg lang begleitet. Auf einmal fühlte sie eine merkwürdige Unruhe in sich.

„Gilbert“, begann sie zögernd.

„Ja, ich weiß. Wir müssen weiter. Wenn die Sonne hinter dem Horizont versinkt, musst du das Reich der Tiernationen verlassen haben.“

Also schritt die junge Frau zügig weiter und bald begann sich der Wald zu lichten. Sonnenstrahlen tanzten munter über den Boden, der warme Wind strich kräftig durch das Unterholz. Als sie kurze Zeit später unter den letzten Bäumen hervortraten, erstreckte sich eine schier endlose Graslandschaft vor ihnen. Man sah nichts als sanft geschwungene Hügel, und am fernen Horizont konnte man die Silhouetten ferner Berge erkennen.

Die Zweibeinige holte tief Luft. Wohl liebte sie die Wälder über alles, aber diese Weiten! Sie strahlten eine wunderbare Leichtigkeit aus.

Gilbert sah kurz zur Sonne hoch, nickte dann zufrieden, mehr zu sich selbst. Es blieb noch genügend Zeit. Die junge Frau ließ ihren Blick über die Landschaft gleiten und stockte auf einmal. Dort, auf ihrer linken Seite, lag ein kleinerer Hügel und auf dem Hügel stand ein verkohltes, von Dornen umranktes Baumgerippe.

„Gilbert“, rief sie verblüfft aus, „sieh doch! Ist das nicht der Ort, an welchem wir uns begegnet sind?“

Die Eidechse folgte ihrer ausgestreckten Hand.

„Ah ja, sieh an. Was für eine glückliche Fügung“, meinte er lächelnd.

„Du hast es gewusst, nicht wahr?“

Gilbert begann wie nebenbei seine Vorderfüße zu kneten. „Es ehrt mich, dass du so große Stücke auf mich hältst.“

Die junge Frau verdrehte belustigt die Augen.

„Soll ich zurück dorthin?“

„Was denkst du?“

Ein Lachen entfloh ihr.

„Ich denke, es ist ein guter Ort – wohin auch immer er führen mag“, fügte sie leise hinzu.

Aufmunternd tätschelte Gilbert ihr die Schulter. Langsam ging die Zweibeinige auf den verkohlten Baum zu. Sie hatte Angst vor dem Unbekannten. Vor allem aber fühlte sie einen Stich in ihrer Brust, wenn sie daran dachte, dass Gilbert sie nicht begleiten würde. Die Eidechse war ihr ans Herz gewachsen. Ihre starke Präsenz stand ganz im Gegensatz zu ihrer Größe, und sie hatte sie enorm beruhigt.

Plötzlich ging ein leichtes Beben durch den Boden. Gleichwohl am Himmel keine einzige Wolke zu sehen war, ertönte auf einmal leises Donnergrollen. Verunsichert sah die junge Frau sich um. Und dann kamen sie über die Hügel galoppiert. Mähne und Schweif wallten wild durch die Luft, die Nüstern aufgebläht, das Fell glänzend. Mit offenem Mund blieb die Zweibeinige stehen.

Ehrfürchtig betrachtete sie, wie die Pferde mit tanzenden Muskeln näher kamen, wie sie über den Boden zu fliegen schienen. Ihre starken Hufe erzeugten einen kraftvollen Rhythmus und Zweibeinige wurde es warm ums Herz. Es waren vier an der Zahl: ein Rappe, ein Fuchs, ein Schimmel und ein Falbe.

Erst im letzten Moment stoppten sie vor dem ungleichen Duo. Staub wirbelte auf. Ihr tiefes Atmen und Schnauben schien die junge Frau von allen Seiten einzuhüllen. Mit bebenden Flanken trabten die Pferde im Kreis um sie herum. Ein Strahlen breitete sich auf dem Gesicht der jungen Frau aus.

Da trat auf einmal der Falbe an sie heran. Sein Fell schimmerte und schien beinahe dieselbe Farbe wie die Sonnenstrahlen anzunehmen. Zwischen seinen Zähnen hielt er ein Büschel seiner Schweifhaare und er nickte der Zweibeinigen auffordernd zu. Mit pochendem Herzen nahm die junge Frau das Geschenk entgegen.

„Wir sind die Herde. Wir sind die Familie. Wir sind das Leben“, begann der Falbe schnaubend und unterstrich jedes seiner Worte mit einem Hufschlag auf die Erde. „Unser Zusammenhalt gibt uns Kraft. Gemeinsam wachsen wir.“

Damit zog sich der Falbe wieder zurück in den Kreis, und nun kam der Schimmel auf die Zweibeinige zu. In seinem Mund hingen ebenfalls einige seiner Schweifhaare. Sein weißes Fell war makellos. Während seine Ohren sich ganz auf die junge Frau richteten, sagte er:

„Wir sind die Seele. Wir sind der Geist. Wir tragen den Himmel und die Erde in uns. Und die Welt auf unserem Rücken."

Der Schimmel schüttelte den Kopf, drehte sich auf der Hinterhand und trabte wieder zurück in den Kreis. Unablässig kreisten die Pferde um die junge Frau und Gilbert herum, wirbelten so viel Staub auf, dass nichts anderes zu existieren schien. Auf einmal stand der Fuchs mit seinem leuchtend roten Fell vor ihnen. Er überreichte seine Haare und sprach mit stolzgeschwellter Brust: „Wir kennen das Leben. Wir kennen den Tod. Wir kennen dich. Wir kennen deinen Stamm. Lange bevor ihr euch selbst gekannt habt."

Dann tänzelte er zurück in den Kreis und die Zweibeinige hielt die drei Schweifbüschel sicher in ihrer Hand.

Gleich darauf kam der Rappe wie eine Gewitterwolke aus dem Kreis angefegt, das tiefschwarze Fell glänzend. Die junge Frau musste sich beeilen, ihm die Haare abzunehmen, denn er stampfte kraftvoll an Ort und Stelle auf.

„Wir sind die Kinder des Donners. Wir sind seine Krieger. Wir tragen die Himmelsrichtungen in unserem

Sein. Verbinde dich mit uns und wir halten deine Schätze zusammen."

Das schwarze Pferd schnaubte tief, und wie auf ein unsichtbares Zeichen hin stoben die vier Pferde davon. Wild und frei jagten sie dem Horizont entgegen, bis nur noch eine rasch schwindende Staubwolke von ihrer Existenz zeugte.

Der jungen Frau fehlten die Worte. Für eine Weile strich sie sanft über die Schweifhaare und dachte angestrengt nach. Gilbert schwieg geduldig. „Wir halten deine Schätze zusammen", schoss es ihr blitzartig durch den Kopf.

Mit flinken Fingern mischte sie die Haare zusammen, teilte sie in drei Bündel und begann damit einen Zopf zu flechten. Es wurde ein starker und langer Zopf. Er reichte, um den Beutel mit einer Schlaufe zu verschließen und diesen um den Hals zu tragen. Dort baumelte er auf der Höhe ihres Herzens.

Mit leichten Schritten ging die Zweibeinige weiter und auf ihrer Schulter blinzelte Gilbert erfreut. Die junge Frau fühlte den Geist der Veränderung. Nun war sie bereit für alles, was kommen sollte.

Der schwarze Baum ragte hoch vor ihnen in die Luft. Sein Gerippe ächzte leise im Wind und es schienen mehr die Dornen zu sein, welche ihn aufrecht hielten. Dies und die schiere Willenskraft, nicht aufgeben zu wollen. Die Menschenfrau streckte ihre Hand aus und fuhr vorsichtig mit den Fingern über die verkohlte Rinde.

„Das muss einmal ein schöner Baum gewesen sein", meinte sie leise. Er hat sich auf jeden Fall einen guten Platz ausgesucht."

Gilbert nickte. „Sie."

„Hmm?"

„Der Baum ist eine *Sie.*"

„Wirklich?" Die junge Frau klang nicht sonderlich überrascht.

„Du hast gesagt *ist*?"

Die Eidechse lächelte zufrieden. Zweibeinige hatte viel gelernt.

„Weißt du, manchmal, da stirbt das Außen ab, damit das Innen frei wird. Wie eine Schlange, die sich häutet, so können auch Bäume und andere Wesen sich von Altem befreien. Zurück bleiben höchstens die Narben."

Die junge Frau legte den Kopf schief und betrachtete die Baumfrau stirnrunzelnd.

„Muss dieser Weg so brutal sein?"

„Das Leben ist weder gut noch böse, es ist einfach", sagte Gilbert mitfühlend, aber bestimmt.

Nachdenklich schürzte die junge Frau ihre Lippen. Gerne hätte sie etwas erwidert, irgendetwas, das Gilberts Aussage hinwegfegen würde. Aber sie wusste, dass es dem nichts entgegenzusetzen gab. Die Eidechse sprach die Wahrheit, das Leben ist, wie es ist. Sie, eine

Zweibeinige, musste damit umgehen können, denn niemand sonst steckte in ihrer Haut.

Über ihren Köpfen war Flügelschlagen zu hören und ein Vogel stieß vom wolkenfreien Himmel hinab.

Eine hübsche Elster landete auf dem untersten Ast, blickte sie aus klugen Augen an. Die Zweibeinige bemerkte, wie die schwarzen Federn bläulich im Sonnenlicht leuchteten.

„Ich grüße dich, Elster", sagte die junge Frau freundlich.

„Sei mir ebenfalls gegrüßt, Zweibeinige", keckerte sie. „Die Sonne geht bald unter, also werde ich mich kurzhalten. Die Vogelnation schickt mich. Wir sind die Vermittler zwischen Himmel und Erde. Wir tragen eure Gebete hoch in den Himmel, wo sie weiter ins Universum fliegen."

Dankbar neigte die junge Frau den Kopf.

Die Elster schüttelte sich kurz und kräftig. Dabei löste sich eine ihrer Federn und landete auf dem Boden, wo Zweibeinige sie auflas.

Es war eine schöne Feder, schwarz und weiß zugleich.

„Jede Feder besitzt Kraft und bringt Heilung", fuhr die Elster fort. „Weißt du wieso? Weil jede Feder sowohl den Himmel als auch die Erde berührt hat. Jede für sich kennt die Freiheit der Lüfte und die Standhaftigkeit der Erde."

Erneut schüttelte die Elster sich, um dann davonzufliegen. Das zarte *flap-flap* ihrer Flügelschläge war noch einen Moment zu hören, dann schien der weite Himmel sie verschluckt zu haben. Mit einem Lächeln befestigte die junge Frau die Feder an der Außenseite des Beutels, sicher verschnürt mit den Pferdehaaren. Ein leichter Wind zog auf, flüsterte vom Weiterziehen.

Gilbert räusperte sich: „Zweibeinige, es ist Zeit."

Traurig nickte die junge Frau und legte ihren Arm auf einen Felsbrocken, damit Gilbert flink von ihrer Schulter hinunterkrabbeln konnte.

„Ich habe unseren Spaziergang genossen, Zweibeinige", sagte er aufrichtig. „Und nun möchte ich dir noch etwas mit auf den Weg geben."

Die Menschenfrau wollte abwinken, denn die Eidechse hatte ihr schon mehr gegeben, als sie in Worte fassen konnte. Doch Gilbert holte tief Luft und begann zu singen:

„Ich schenke dir ein Gebet, nicht, weil es nichts anderes gibt, das ich mit dir teilen könnte, aber mein Gebet, es kommt von Herzen und dies ist das Wertvollste, das ich habe. Ich schenke dir ein Gebet."

Immer und immer wieder sang Gilbert dieselbe Strophe und mit jedem Mal wurde es der jungen Frau leichter ums Herz. Es gab noch so vieles, was sie Gilbert sagen wollte, doch die Sonne sank unaufhaltsam. Da begann die junge Frau auf einmal zu weinen. Sie weinte und weinte, bis die Tränen ihren Blick verschleierten und sie zurücktrugen.

Ein Holzscheit knackte laut und kurz darauf strömte der rauchige Duft von Feuer in ihre Nase. Vorsichtig setzte sich die junge Frau auf. Ihr Kopf dröhnte noch leicht und sie starrte abwesend ins Feuer, während ihre müden Glieder langsam erwachten. Es war ein eher schmerzhaftes Gefühl, aber es zeigte ihr auch, dass sie lebte.

„Genau!“, fuhr es ihr jäh durch den Kopf. Sie lebte!

„Willkommen zurück im Leben“, erklang genau in diesem Moment eine freundliche Stimme ihr gegenüber.

Die junge Frau blinzelte einige Male, ehe ihre Augen den alten Mann ausmachten. Er saß noch an derselben Stelle und reichte ihr über die Flammen hinweg eine Holzfigur. Ohne zu zögern griff die junge Frau danach. Ihre Narben leuchteten im Feuer auf. Kurz hielt sie in ihrer Bewegung inne, dann lächelte sie. Nicht, weil sie die Narben auf einmal schön fand, sondern weil sie ihren Frieden damit gefunden hatte. Die Narben waren zu einem Teil von ihr geworden, erzählten ihre Geschichte. Und das Leben, das Leben ging mit oder ohne sie weiter. Sie aber hatte beschlossen, es zu leben.

Die Holzfigur in ihren Händen stellte eine Eidechse dar. Dennoch verkniff sie sich die Frage, woher der alte Mann dies gewusst hatte.

„Ich danke dir, Großvater“, sagte sie ehrfürchtig.

Der alte Mann lächelte.

„Nicht mir musst du danken. Meine Frau, sie kennt die Sprache der Kräuter. Ich – ich habe lediglich über dich gewacht.“

Er zwinkerte ihr zu. Ein Lachen löste sich aus der Kehle der jungen Frau, dann wurde sie wieder ernst.

„Ist dein Enkel hier? Ich würde ihm gerne eine Geschichte erzählen.“

„Er wird draußen sein und spielen“, meinte der alte Mann.

Die junge Frau erhob sich und küsste den alten Mann auf die Wange.

„Er wird sich freuen, von dir zu hören“, sagte da der Großvater leise. „Und ich freue mich auf das Leuchten in seinen Augen.“

Als die Frau aus der Tür trat, strahlte sie übers ganze Gesicht. Warme Sonnenstrahlen begrüßten sie, der Wind strich sanft über ihre Wangen.

Liebevoll fuhr sie mit den Fingern über die Holzechse und hauchte ihr einen Kuss auf den Kopf.

„Danke, Gilbert“, flüsterte sie.

Dann ging sie Richtung Fluss, wo die Kinder meist spielten. Die Kinder der Erde, so, wie sie eines war. Sie lächelte. Die Pflanzen hatten sie über ihre eigenen Grenzen hinauswachsen lassen, aber die Tiere, die hatten sie zurück ins Leben geführt.

Als am nächsten Morgen die Sonne aufging, baumelte an einem Baum nahe dem Dorf ein wunderschöner Stoffbeutel, gefüllt mit Geschenken und einem Gebet für die Tiere.

Eine schwarz-weiße Feder hing daran. Darüber zog ein Bussard seine Kreise, trug das Gebet weiter Richtung Himmel.

Und irgendwo, im Reich der Tiernationen, stand ein verbrannter Baum. Zu dessen Füßen saß eine Eidechse und sang ein Gebet. Sie sang so lange, bis sich frische Triebe ihren Weg aus der verkohlten Rinde suchten und das Leben weiterging.

Sonja Spitteler
Als der Efeu sich verliebte
Vom Zauber der Naturwesen
Reichel Verlag

Sonja Spitteler
Himmel küsst Erde
Von der Hingabe, von der Kraft, vom Leben
Reichel
Verlag

Wolf-Richard Günzel&
Marie-Anne Delasalle-
Günzel

Jonathan

Die Ratte muss weg!

Jonathan ist ein Genie. Er beherrscht die menschliche Sprache und kommt ins Gespräch mit einem schrulligen pensionierten kauzigen Alten. Lustig und witzig!

103 S: m: farb: Illustr:....€ 12,50

ISBN-13:978-3-945574-53-9

Henley Harrison West & Judith Kristen

Ich bin der Henley

Ein geretteter Hund erzählt sein Leben

Henley war immer der Letzte. Das letzte von 11 Geschwistern (sagt er) und der Kleinste und Hässlichste sagten die Züchter. Deshalb sperrten sie ihn in einen Zwinger ohne Futter und Wasser und verschwanden auf Nimmerwiedersehen. Abgemagert, ohne Fell wartete Henley auf den Tod. Doch dann kam die Rettung daher.

116 S., geb. …€ 11,90

ISBN 978-3-926388-97-1